KB042935

정우 2

초판 1쇄 인쇄일 2014년 2월 21일 | **초판 1쇄 발행일** 2014년 2월 25일

지은이 베가 | **펴낸이** 곽중열 | **담당편집 팀장** 이범수
편집부 신연제 이윤아 김호성 김은경

펴낸곳 (주)조은세상 | **출판등록** 제 2002-23호
주소 경기도 고양시 일산동구 장항동 558번지 6호
TEL 편집부 02)587-2966 영업부 031)906-0890 | FAX 031)903-9513
e-mail bukdu@comics21c.co.kr

ⓒ베가 2014
ISBN 979-11-5512-363-8 | ISBN 979-11-5512-361-4(set) | 값 8,000원

※잘못 만들어진 책은 바꿔 드립니다.
※저자와의 협의에 의해 인지는 생략합니다.

NEO MODERN FANTASY STORY & ADVENTURE

베가 현대 판타지 장편소설

2

REVOLUTION

REVOLUTION 2

NEO MODERN FANTASY STORY & ADVENTURE

NEO MODERN FANTASY STORY & ADVENTURE

제 1 화

준비

제 1 화
준비

I

　모의고사 시험을 일주일 앞두었을 때 정우는 영어 사전을 암기하기로 한 계획을 차질 없이 끝낼 수 있었다.

　의외로 생각했던 것보다 일찍 끝이 났다.

　이제 문법만 이해하고 발음만 좀 더 공부해서 다듬는다면 영어를 하는데 있어서 불편함은 없을 듯 했다.

　다시 봐도 실로 괴물같은 암기력이다.

　무엇이든 보는 순간 사진처럼 머릿속에 기억이 남는다.

　아이러니 했다.

기억상실증에 걸렸으면서 지금은 보는 족족 암기해버린다는 것이.

불쑥 옥상과 레코드샵 앞에서 떠올랐던 낯선 기억들이 떠올랐다.

전혀 관계가 없을 것 같은 기억.

그것은 담당의사의 말대로 만들어진 기억일까?

정우는 고개를 가로 저었다.

낯선 기억에 대해 생각하면 자꾸만 복잡해지는 마음이 들어 머리가 깨질 것만,같다.

정우는 머리를 한 차례 흔든 뒤 눈을 비비며 일어났다.

눈이 전체적으로 뻐근했다.

시간이 아깝다는 생각이 들어서 요즘 들어 자는 시간을 줄이기 시작했더니 몸에 조금 무리가 오는 듯 했다.

온몸이 누가 잡아당기기라도 하는 것처럼 무겁다.

영어 사전을 책장에 꼽아놓고 컴컴한 거실로 나왔다.

시계를 보니 벌써 새벽 3시 반이다.

물을 한 잔 마시고 방으로 돌아온 정우는 다시 책상 앞에 앉았다.

단어를 모두 숙지했으니 문법만 익힌다면 영어는 마스터다.

이대로 잠들자니 아쉬움이 가슴 언저리에 남았다.

욕심이 생겼다.

학구열이 불타오른다.

지겨운 단어 암기가 끝났다.

문법만 익히면 영어가 손 안에 들어온다.

그런 생각이 들자 책을 손에서 놓을 수가 없었다.

어지러움이 머리에서 다소 불편하게 맴돌았지만 견딜
만 했다.

정우는 노트를 펼쳐 우선 하루 스케줄 표를 간단하게 만
들었다. 영어는 꽤 단단한 베이스를 만들어 놨으니 이제부
터는 3월 모의고사에서 칠 시험공부를 시작해야 했다.

정우는 영어 문법 서적을 빼 책상 위에 올렸다.

평균 등교를 위해 일어나는 시간은 7시.

시간적 여유가 꽤 있으니 그 시간 안이라면 꽤 진도가
나갈 것 같았다.

책을 펼쳤다.

순식간에 스탠드 앞 조명에 빨려 들어갔다.

정우는 빛나는 속도로 정보를 받아들이기 시작했다.

여명이 타오르고 이내 아침이 밝았다.

어둠에서 빛으로 넘어가는 순간을 인지하지 못할 정도
로 정우는 공부에 집중하고 있었다.

자명종 알람 소리를 듣고서야 곧 학교에 갈 시간이라는
걸 인지했다.

펜을 놓고 고개를 들자 목과 팔이 찌릿찌릿했다.

책상을 정리할 때 어머니가 들어왔다.

"정우야 일어……."

어머니가 놀란 얼굴로 정우를 쳐다보았다.

"안 잤어?"

"일찍 깼어요."

거짓말이 자꾸 늘고 있다.

정우로썬 되도록 걱정을 끼치고 싶지 않아 그런 것이지만 되돌아보면 자꾸 어머니에게 거짓말이 쌓이는 것만 같아 마음 한 구석이 불편했다. 하지만 앞으로도 어쩔 수 없이 이런 선의의 거짓말은 계속 될 것 같았다.

"몸이 안 좋은 거 아니야? 잠을 잘 못 자서 그런가 눈이 빨가네."

"곧 시험이라 긴장해서 그런가 봐요."

"공부도 좋지만 몸 생각도 해야지."

"조절 할 게요."

"밥 금방 해줄게. 조금만 기다려."

"어머니. 죄송한데 오늘은 그냥 나갈게요. 속이 좀 안 좋아서."

"속이 어떻게 안 좋은데?"

"조금 피곤해서 그런 거 같아요. 심한 건 아니니까 걱정하지 마세요."

"알았어. 그럼 학교 가서 배고프면 매점 가서 뭐 좀 사먹어. 응?"

정우가 지쳐 보이는 얼굴로 미소를 보냈다.

"네."

"학교 갔다 와서도 계속 몸 안 좋으면 병원에 갔다 와. 수업 마치고 어영부영 있으면 병원 문 닫으니까 마치자마자 바로 병원으로 가. 아니면 수업 중간에 보건실 한 번 들리던지."

"알겠습니다."

"아프면 꼭 갔다 와야 돼. 알았지? 말로만 그러지 말고."

"네."

어머니가 나가고 나서 정우는 이마를 만져 보았다.

손에서 뜨끈한 열기가 느껴진다.

괜찮을 거라고 생각했는데 상태가 그다지 좋지 않긴 하다. 그간 잠을 줄이고 운동과 공부를 병행하다 보니 피로도가 지금까지 쌓인 것 같았다.

손바닥으로 눈을 꾹꾹 누른 뒤 샤워를 하고 집을 나섰다.

오늘은 이른 아침인데도 추위가 한결 가셨다.

오후가 되면 따뜻한 봄 날씨가 될 것 같았다.

정류장에 도착해 벤치에 앉았다.

겨울같지 않은 날씨라 그런지 졸음이 몰려왔다.

고개를 휘저었다.

버스가 도착하고 학교로 가면서 빈자리가 있었지만 일부러 의자에 앉지 않았다.

앉았다간 학교를 지나칠 것 같았다.

Ⅱ

영어 선생은 정우를 보고 한숨을 내뱉었다.

"이정우?"

영어 선생이 이름을 부르며 정우 앞으로 다가갔다.

"이정우!"

초점이 없는 눈으로 허공을 보고 있는 정우에게 영어 선생이 큰 소리로 불렀다.

정우가 의식을 차리고 고개를 들었다.

뒤늦게 상황을 인지하고 머리를 숙였다.

"아…. 죄송합니다."

"정신이 왜 딴 데 가 있어. 한 동안 수업 열심히 듣는다 싶더니… 너 밤에 만화 봤지?"

"아니에요."

"솔직히 얘기해. 너 어젯밤에 뭐했어? 애니메이션? 만화책? 또 중독된 거야?"

"그게…. 영어 공부를 좀 하느라."

영어 선생이 코웃음을 쳤다.

"뭐 영어 공부? 네가?"

"네."

영어 선생이 콧구멍을 벌름 거리며 웃었다.

"네가 집에서 백날 공부해봐라 어디 성적이 느나. 꼭 공부 못하는 것들이 학교 수업엔 집중 안 하고 쓸 때 없는 짓을 해요. 문제 하나 못 풀면서 무슨 배짱이야. 핑계를 대려면 씨알이라도 먹힐 핑계를 대던가. 아니 그래 그게 사실이라 치자. 넌 고3이나 되가지고 문제 하나 못 풀면서 이러고 사는 거 네 자신이랑 부모님한테 창피하지도 않니?"

영어 선생이 팔짱을 끼면서 말을 이었다.

"너 저기 칠판에 적어놓은 본문 보여?"

"네."

"너 야자 안 한다고 했다며. 대체 집에서 얼마나 공부를 열심히 하길래 그러니? 무슨 자신감이야. 읽을 수 없으면 설명이라도 들어야 진도라도 따라올 거 아니야! 너 칠판에 적혀있는 내용 한 번 읽어봐."

"……."

"못 읽겠지? 본문 반도 제대로 못 읽으면서 이게 공부했다는 핑계는."

학교에서는 작은 사회를 경험할 수 있다.

학생의 성적이라는 것은 교사에게 있어 가장 중요한 사회적 가치로 판단되고 있다.

학교가 공부만을 가르치는 곳은 아니라고 교육하는 것과는 달리 현실은 철저히 결과주의적이다.

성적이 우수한 학생에게는 친절과 격려를.

성적이 떨어지는 학생에게는 모멸감을.

마치 신분이 정해져 있는 것처럼 그들은 철저히 구분하고 있었다.

물론 진정한 교육을 위해 노력하는 사람들도 존재하겠지만 적어도 대령고교에서는 그런 선생을 찾아 볼 수는 없었다.

재능을 찾을 기회를 묵살하고 안전한 길만을 강요하여 마치 공부를 못하면 실패자라는 인식을 심는다.

그것은 교육이 아닌 폭력이었다.

"읽을 수 있습니다."

정우의 담담한 말에 영어 선생의 한쪽 뺨이 씰룩 거렸다.

"잠이 덜 깼나 이게…. 읽을 수 있습니다? 그래 그럼 어디 한 번 해석해봐. 선생님 데리고 장난치는 거면 그냥 안 넘어가."

정우는 나누어준 인쇄물을 주워들었다.

"몇 번 문항입니까?"

"왜? 어이구 문제까지 푸시게?"

정우는 엄지와 중지로 관자놀이를 누르면서 인쇄물을 살폈다.

"칠판에 있는 가이드를 보니까 5번인 것 같은데. 맞습니까?"

"그래 5번이다. 아주 그냥 수업 중에 몇 번 문항인지 묻고나 있고 잘하는 짓이다."

영어 선생이 답답하다는 듯 말했다.

"해석하겠습니다. 살아가는 데 있어 과학에서의 전문적 기술보다 훨씬 중요한 것이 있다. 균형 있는 교육을 위해서는 역사도 필요하다. 사실상 역사에 관한…… 이건 읽을 필요도 없이 답이 나오네요. 균형 있는 교육을 위해서는 역사도 필요하다. 역사에 관한 지식은 과학 교육에 있어 필수적이다. 틀린 답을 찾는 문제니까 과학을 통해서 인간 환경을 이해할 수 있다고 되어있는 5번의 해답은 너무 광범위하고 포괄적이니까 정답은 5번입니다. 그리고 칠판에 가이드로 부분 번역으로 적으신 것 중에 but이 들어가 있는데 본 해석의 경우엔 but이 아니라 whereas가 맞는 것 같은데. 혹시 제가 잘못 알고 있는 겁니까?"

칠판을 확인한 영어 선생의 얼굴이 홍당무가 됐다.

"이, 이게 감히 선생님을 뭘로 보고 어디서."

수업 종이 울렸다.

"수업 시간에 졸아놓고 뭘 잘했다고! 어디서 운 좋게 외운 문제 같은데. 뭘 잘난 척이야."

영어 선생이 당황한 기색이 만연한 얼굴로 말을 더듬거렸다.

"네?"

"시끄러워!"

영어 선생이 소리를 꽥 지르고 수업 자료를 챙겨 도망치듯이 허겁지겁 교실을 나갔다.

학생들은 다시 본다는 듯 정우에게 눈길을 던지며 교실을 나갔다. 점심시간이라 복도에는 아이들이 우르르 식당으로 가고 있었다.

"네가 이렇게 영어를 잘 했었나? 전교 꼴등이라고 어디서 들은 것 같은데."

김주호가 양 쪽 바지 주머니에 손을 꽂아 넣으면서 말했다.

"얼마나 그러고 있었던 거야?"

"너 멍 때리고 있는 거? 한 30분?"

계산해보면 일주일동안 20시간도 채 자지 않았던 것 같다. 그런데다 오늘은 밤을 샜으니 정신이 나갈만도 했다.

정우는 앞으로 컨디션 조절에 신경을 좀 써야겠다고 생각했다.

뒷목을 주무르며 교실을 나왔다.

화장실에 들어가 세수를 했다.

찬물을 끼얹자 정신이 좀 들었다.

정신이 깨이긴 했지만 머릿속이 다소 멍한 느낌은 여전히 떠나질 않았다.

김주호는 빈 교실에서 신지호가 사다준 빵을 뜯어먹으며 머리를 긁적였다. 요즘 들어 평생 가까이 할 거라고는 생각하지 못했던 교과서를 끼고 있으니 눈이 돌아갈 지경이다.

아무리 머릿속에 글자를 구겨 넣어 보려고 해봐도 한 글자도 머리에 들어오지를 않았다.

외계어인지 한국어인지도 구분이 안 갈 정도다.

뭐가 뭔지 무슨 소린지 도통 알 수가 없다.

이런 식으로는 시간 낭비만 계속 될 것 같았다.

과외를 한 번 해볼까?

워낙 기초가 없는 탓에 수업 진도를 따라갈 수도 없고 혼자서 공부를 하려고 하니 미로 속에서 헤매이는 기분이 든다.

수능까지 1년.

승리를 위해선 더러운 과정을 견딜 수 있어야 한다.

고통은 승리 후에 되갚아주면 된다.

아버지는 조소를 던지겠지.

이용할 수 있는 모든 걸 이용하기로 결정했다. 그런만큼 수단과 방법을 가리지 않고 무슨 수를 써서라도 정상에 설 것이다. 그렇게 마음 먹었었다. 아버지의 코를 납작하게 만들어주겠다고 결심했었다.

김주호는 반쯤 남은 빵을 버리고 교무실을 찾아갔다.

"저 오늘부터 야자 빠질게요."

이경철이 김주호를 슬쩍 보고 피식 웃었다.

"네가 공부한다고 할 때부터 알아봤다 난."

"놀려고 빠지는 거 아니에요."

"마음대로 해. 네가 언제부터 허락 맡고 다녔다고."

어렸을 적 선생님들이 하나같이 잘못을 덮어주고 칭찬만 하는 걸 보고 자신이 특별하다는 생각을 한 적이 있었다.

초등학교 4학년 쯤이었나.

그 모든 것이 어머니의 치맛바람에 의해 만들어진 것이라는 걸 알았다. 그리고 그 후 1년 뒤 늘 자신을 못마땅하게 여겼던 아버지란 작자의 실체를 알 게 되었다.

그 때부터였다.

선생들이 엇나가는 자신과 대화를 포기하고 피하기 시작한 것은.

"안 물어보세요?"

"뭘?"

"왜 빠지는지."

"됐어 사고만 치지 마. 그러면 감사할 것 같다 선생님은."

김주호는 교무실을 나와 옥상으로 올라갔다.

당연하다면 당연한 거다.

예상을 못한 건 아니지만 기분이 좀 더러운 건 어쩔 수가 없다.

담배를 꺼내 입에 물고 불을 붙였다.

담배 연기를 코로 뿜으면서 옥상문을 열기 위해 문고리를 잡았다.

철커덕!

"뭐야?"

문이 잠겨 있었다.

김주호는 복도에 놓여 있는 화분 밑에서 열쇠를 꺼내 옥상문을 열었다.

차가운 공기가 온몸에 휙 불어왔다.

절뚝거리며 옥상에 발을 들이던 김주호는 고개를 갸웃거렸다.

처음 보는 얼굴의 네 명이 동그랗게 쭈그려 앉아서 담배를 뻐끔뻐끔 피우고 있었다.

뱃속에서 뜨거운 게 치밀었다.

모르는 얼굴인 걸 보니 1학년인 것 같다.

"너희 뭐하냐."

4명의 학생들이 쭉 찢어진 눈으로 김주호를 도전적으로
쳐다봤다. 예전 같았으면 지금의 저 도발적인 행동 하나로
2학년을 싸그리 족쳤을 테지만 지금은 갱생의 과정을 거
치는 중이었다.

참자.

"다 태웠으면 내려가라."

가뜩이나 더러운 기분, 놈들로 스트레스 해소나 할까 하
다가 마음을 접었다.

작심삼일이라는 이야기는 죽어도 듣기 싫다.

목표가 있다.

반드시 이뤄야만 한다.

김주호가 스스로의 감정을 누르려 애쓸 때 학생들 중 덩
치 큰 한 명이 앞으로 걸어오며 이빨 사이로 침을 찍 뱉었
다.

"네가 뭔데 내려가라 마라야."

코앞으로 다가온 1학년이 김주호를 내려다보며 눈을 서
늘하게 떴다.

김주호는 머리 하나는 더 큰 근육질 덩어리의 신입생을
보며 비릿하게 웃었다.

"뭐?"

"꼬우면 덤벼 새끼야. 쫄리냐?"

1학년이 양 주먹을 말아 쥐며 눈을 부라리며 턱을 치켜들었다. 가늘게 웃고 있는 1학년을 보는 김주호의 눈에 살인 충동이 깃들었다.

참는데도 한계라는 게 있다.

선은 지켰어야지.

인내의 끈이 끊어지려는 찰나.

"김주호 선배님 아니야?"

"집합 때 본적 있어. 야 서, 성열아."

친구들의 얘기를 듣고 험악한 인상으로 김주호를 노려보던 1학년의 얼굴이 창백하게 질렸다.

"죄송합니다! 대선배님이신 줄도 모르고."

1학년이 헛바람을 삼키며 무릎을 꿇고 바닥에 머리를 박았다. 김주호는 목발로 머리통을 후려치고 싶은 욕구를 가까스로 억눌렀다.

도 닦는 기분이 이런 걸까.

참을 인 수백 개를 마음속으로 그렸다.

김주호는 떨리는 주먹을 진정시키느라 피가 다 거꾸로 솟아 올랐다. 그 모습을 보고 신입생이 파리한 안색으로 고개를 아래로 더 깊이 처박았다.

"나가."

1학년이 고개를 들었다.

"네?"

적어도 족히 몇 대는 얻어맞을 거라고 생각했었던 건지 어안이 벙벙한 얼굴이다.

"나가라고. 귓구멍 막혔어? 내 눈앞에서 꺼지라고."

"예, 예예!"

잠시 어리버리를 타다가 4명의 학생들이 부리나케 옥상을 빠져 나갔다.

김주호는 목발을 던져 놓고 바닥에 벌렁 누웠다.

후배를 쫓아 보내는 동안 담배가 필터 앞까지 떨어져 있었다.

뱃속도 필터까지 탄 담배만큼 타들어가는 것 같다.

망할 자식들 때문에 괜히 아까운 담배만 날렸네.

꽁초를 휙 던지곤 다시 하늘을 올려다봤다.

뭉게구름이 느리게 움직이고 있다.

김주호는 '쯧' 하고 혀를 찼다.

변하고 싶었다.

변하고 싶어서 공부도 시작했고 경영 수업도 받았으며 괴롭혔던 애들에게 머리도 숙였다. 초라한 모습으로 비굴하리만큼 이정우를 물고 늘어졌다.

이젠 과외 선생을 부를 생각까지 하고 있다.

잘하고 있는 건가?

막상 시작은 했는데 가능성이 없는 일로 바보짓만 하고

있는 건 아닌가 하는 생각도 들었다.

아버지의 말이 생각났다.

– 세상은 네가 그렇게 우습게 볼 만큼 만만하지 않아!

쓴웃음이 일었다.

김주호가 한숨을 푹 내뱉으며 줄담배를 피려 담뱃갑을 꺼낼 때 옥상문이 열리는 소리가 들렸다.

좀 전에 불량스럽게 담배를 피고 있던 1학년들이 눈앞을 스쳐 지나갔다.

설마 또 그 자식들인가?

고개를 들어 출입구를 보자 무슨 일인지 정우가 걸어오고 있었다.

정우가 손에 들고 있던 캔커피를 던졌다.

손을 뻗어 머리 위로 날아오는 캔커피를 낚아챘다.

정우가 뚜껑을 따며 김주호 옆에 앉아 커피를 마셨다.

김주호도 캔커피를 따 마시며 정우를 보았다.

속을 알 수 없는 깊은 눈으로 조용히 풍경을 눈에 담고 있는 저 모습은 아직까지도 믿겨지지 않는 미스터리다.

도저히 오타쿠로 살았던 인간이라고는 상상할 수 없는 모습.

외려 빛이 쏟아질 것 같은 존재감.

자신이 변하기 시작한 것은 놈을 가까이 하기로 마음먹은 이유는 단순히 두려움 때문만은 아니었다.

인정하기 때문이다.

인정할 수밖에 없기 때문이다.

처음엔 그 이유를 스스로에게 물었을 때 대답할 수 없었다.

자신의 인생에 저 자식이 끼어져 있다면 뭔가 대단한 일이 벌어지지 않을까 하는 기대감이 있었다. 그리고 인지하지 못하고 있었던 또 다른 이유를 최근에야 알 게 됐다.

부러움.

평범한 것 같으면서도 전혀 평범하지 않게.

자신과 달리 진정한 자유를 향한 그가 부러웠었다.

진심으로.

하지만 벌벌 떨면서 오타쿠로 명성을 날린 자식이 이제 와서 뜬금없이 자신보다 훨씬 압도적인 인간이 되어 버렸으니 어이없게 기가 막히는 것도 사실이었다.

하지만 이렇든 저렇든 뭐가 대수인가?

결과적으로 목표는 아버지라는 이름의 작자다.

복수를 할 수 있다면 그 어떠한 대가도 치를 각오가 되어 있다. 산을 넘기 위해 인생을 배워야 한다면, 상대가 누구든 그 값을 낼 생각이다.

"웬일이냐. 커피 주러 옥상까지 다 오고."

"잠 깨러 온 것뿐이야."

이정우답게 대답하면서 그는 따듯한 오후 태양 아래, 교
과서를 읽었다.

김주호는 피식 웃으면서 커피를 마셨다.

그가 달라졌듯이 자신도 달라질 수 있지 않을까.

다시 벌렁 누워 하늘을 올려다보았다.

파란 하늘.

비행기가 그림처럼 구름을 뚫고 가고 있었다.

◇◇◇

커다란 철창문이 열렸다.

넓은 마당을 지나 집 안에 들어왔다.

거실에서 신문을 보고 있는 김주호의 아버지 김민기가
헛기침을 했다.

"또 무슨 사고를 친 거야? 말했었지? 이번엔 내가 그냥
안 넘어간다고."

"사고 친 거 없어요."

"그럼 집엔 왜 왔어?"

"오면 안 됩니까?"

김민기가 비웃음을 입에 머금었다.

"멍청해서 못 알아듣는 거냐. 못 알아듣는 척 하는 거
냐?"

"이제 그만 집에 들어오려구요."

"누구 마음대로!"

김민기가 버럭 소리를 지르며 보고 있던 신문을 접었다. 그는 소파에서 일어나 김주호를 돌아보며 눈을 치켜떴다.

"우리 가문이. 이 집이. 애들 놀이방처럼 들어가고 싶을 때 들어가고 나가고 싶을 때 나가는 그런 곳으로 보여? 당장 나가."

김민기가 손을 까닥거리며 저었다.

김주호는 웃으며 고개를 가로 저었다.

"나이를 드셔서 그런가 요즘 아버지 기억력이 가물가물하신 것 같습니다."

"이게 이젠 진짜 돌았나."

"이 집은 명백히 할아버지 소유에요. 결정권도 할아버지에게 있구요. 아버지가 말씀하신 이 가문, 이 집에서 아버지의 영향력은 없다는 거. 모르셨어요?"

김민기가 시뻘건 얼굴로 김주호에게 다가가 뺨을 후려쳤다. 김주호가 웃으며 피가 묻은 입술을 문지를 때, 어머니 신민주가 집으로 뛰어 들어왔다.

"무슨 일이에요 여보."

종종 걸음으로 뛰어온 신민주가 김주호의 얼굴을 보고 남편을 쏘아 보았다.

"때렸어요?"

"저 자식 당장 이 집에서 끌어내."

"왜 그래요 여보. 겨우 집으로 돌아온 애한테."

"나이 열 아홉이면 애새끼가 아니라 이제 어른이야. 나이를 처먹고도 저렇게 생각이 없이 사니 내 속은 속이야? 저런 걸 자식이라고 둔 내가 병신이지."

김민기가 신경질적으로 2층으로 올라갔다.

"괜찮아? 안 아파?"

"됐어."

김주호는 뺨을 쓰다듬는 신민주의 손을 치웠다.

"그러게 왜 성질을 건드려 건드리길! 뻔히 알면서."

신민주가 김주호의 어깨를 손바닥으로 짝 때렸다.

"아 엄마까지 이럴 거야? 나 환자라고."

김주호가 어깨를 쓰다듬으며 짜증을 냈다.

신민주가 한숨을 푹 내쉬었다.

"맞을 짓을 하니까 그렇지. 어쨌든 이제 집에 들어 왔으니까 당분간 조용히 지내. 아버지랑도 최대한 마주치지 말고."

"내가 무슨 죄인이야. 숨어 살게."

"얘가 증말. 엄마 죽는 꼴 보려고 그래?"

신민주가 또 다시 김주호의 등짝을 때렸다.

"아 진짜 때리지 말라니까! 가정 폭력도 신고가 된다는 거 엄마 알아야 돼."

"넌 이 상황에 농담이 나오니?"

"농담 아니거든?"

"뭐?"

"됐어 그만하자 재미없다. 그보다 나 과외 하나 붙여
줘."

"무슨 과외?"

"무슨 과외가 어딨어. 과외가 과외지. 대한민국에서 공
부 제일 잘 가르치는 놈으로다 하나 뽑아줘."

"공부하게?"

"하지 마?"

"아니 해야지. 네 말대로 엄마가 대한민국에서 최고로
뛰어난 선생님으로 붙여줄게!"

신민주가 활짝 웃는 얼굴로 김주호의 머리를 쓰다듬었
다.

"우리 아들 이제 마음잡았나 보네?"

"얘기했잖아. 내가 삼켜버릴 거라고."

"삼켜? 뭘? 밥 안 먹었어?"

"아, 엄마!"

"얘가 또 왜 소리를 지르고. 좀 있으면 할아버지 올 시간
이야. 조용히 올라가 있다가 부르면 인사하러 내려와. 그
동안 나가 지낸 것도 사과드리고."

30

"내가 좀 알아봤는데…. 아니다. 올라갈게."

"무슨 얘길 하다 말어?"

"아니야."

김주호는 손을 휘저은 뒤, 방으로 올라갔다.

"너 몸은 낫고 있는 거야?"

대답이 없는 김주호를 보며 신민주는 한숨을 내쉬었
다.

◇◇◇

"잘 하고 와. 열심히 했으니까 좋은 결과 있을 거야. 그
렇다고 절대 부담 갖지는 말고. 하루아침에 목표를 이룰
수는 없으니까."

어머니가 조언과 함께 어깨를 토닥였다.

"네, 그럼 다녀올게요."

"아 참! 내 정신 좀 봐. 잠깐만."

어머니가 주방으로 뛰어가더니 야채음료를 가져왔다.

"몸이 든든해야 시험도 잘 치지. 이거 쭉 마셔."

어머니가 뚜껑을 따서 야채 음료를 건넸다.

"자 여기."

"그럼 가면서 마실게요."

"추워. 얼른 여기서 먹어."

정우는 웃으며 음료를 받았다.

"네."

250ml 야채 음료를 원 샷으로 마셨다.

어머니가 빈 통을 받아들었다.

"차 조심하고. 파이팅!"

어머니가 불끈 쥔 주먹을 내밀어 보였다.

정우도 어색하게 주먹을 내어 보이며 어머니와 미소를 주고받았다.

집을 나와 정류장으로 가면서 가방에 들어있는 수학 교과서를 꺼냈다.

모의고사 시험 범위 내에서 암기과목을 교과서 위주로 공부했지만 수학은 시간이 부족했던 탓에 모의고사 시험 당일인 오늘까지도 아직 제대로 준비를 못한 상태였다.

길을 걸으면서 수학 교과서 페이지를 펼치자 순간 눈앞에 어지러움이 핑 돌았다.

잠깐 멈춰서서 고개를 들었다.

역시 그 동안 좀 무리한 건가.

카페인의 힘을 빌려 몸 상태가 저조함에도 불구하고 되려 스퍼트를 올렸다.

매일같이 오버 페이스로 하루의 시간을 공부와 운동으로 보냈다. 그 탓에 수면 부족으로 인해 몸 곳곳이 신호를 보내오고 있었다.

시험이 끝나면 몸 관리를 위해서라도 당분간 운동과 공부는 놓아두어야 할 것 같았다.

"안녕하십니까!"

우렁찬 소리와 함께 버스 안에서 웬 세 명의 남학생이 90도로 허리를 숙였다. 자연 버스 안 사람들의 시선이 정우에게로 쏠렸다.

버스 손잡이를 잡고 수학 교과서를 보고 있던 정우는 일면식도 없는 아이들이 갑자기 인사를 해오자 조금 난감했다.

노약자석에 앉아있는 할머니는 창밖을 보며 '세상이 어떻게 되려고' 라는 말을 중얼 거리며 혀를 찼고 아저씨들은 한 눈에 보기에도 불량스러워 보이는 학생들이라 그런지 대놓고 노려보거나 조금 긴장하는 표정을 지었다.

그 외에 자리를 채우고 남학생들은 모두 앉아있던 자리에 일어나 경직된 몸으로 눈치를 살피고 있었다.

"뒤쪽에 자리 많습니다. 편한 곳에 앉으세요."

"가방 들어드릴까요?"

"뵐 수 있어서 영광입니다 이정우 선배님. 언제 시간 나실 때 저희 모임에 한 번 들려주세요. 연예인 뺨 칠 만큼 귀여운 애들도 많아요. 선배님 얘기를 했더니 만나고 싶다고 얼마나 난리를 치던지. 찾아주시면 제가 책임지고 성심성의껏 모시겠습니다. 부디 자리를 빛내……."

흥분한 얼굴로 말하던 학생들은 정우의 눈빛을 보고 말을 멈췄다.

"죄, 죄송합니다."

정우는 다시 교과서로 시선을 돌렸다.

세 명의 신입생은 아쉬운 얼굴로 뒷자리로 돌아갔다.

뻘쭘하게 서 있던 학생들이 눈치를 보며 자리에 앉았다.

세 명의 신입생은 버스 끝자리 중간에 앉아 정우를 보며 소곤거리는 소리로 얘기를 나눴다.

"나 아직도 다리가 떨린다. 너네 이정우 선배님 눈빛 봤냐. 카리스마 완전 오진다."

"우리가 좀 오바하긴 했지. 중간 다리도 안 건너고 감히 이정우 선배님한테 들이댔으니."

"근데 그 소문 진짜일까? 혼자서 김주호 선배님 그룹 통으로 쓸어버린 거?"

"눈빛 못 봤냐."

"근데 좀 이상한 게 오타쿠였대잖아. 비쩍 곯아가지고 은따 당하면서 만화책이나 봤다던데."

"원래 오야붕한텐 이런 저런 소문이라는 게 붙기 마련이야. 오타쿠는 무슨 장난하냐? 저 아우라를 봐. 근데 좀 깨는 건 공부를 하시네."

"입조심해 인마. 초상나고 싶냐."

"김주호 선배님이 이정우 선배님 밑으로 완전히 머리 숙이고 들어갔다던데. 그럼 실질적인 행동대장으로써 김주호 선배님이 대령고교 잡는 거 아니야? 딱 보니까 구도가 그렇게 그려지는데 뭐."

"깨긴 뭐가 깨. 교무실 전설 못 들었냐. 학교를 통으로 삼킨 건 기본이고 선생들까지 한 손에 휘어잡은 데다 공부까지. 완벽한 오야붕이야. 저 엄청난 카리스마를 봐라. 완전체다 완전체."

신입생들이 정우에 대한 이야기를 멋대로 소근 거렸다. 그얘기를 듣고 한 노인이 벌떡 일어나 바닥에 지팡이를 짚으며 정우에게 비틀 거리며 다가갔다.

"야 이놈의 손아. 학생이면 학생답게 공부나 착실히 해야지. 싸움질이나 하고 벌써부터 학교에서 조폭처럼 우두머리 질이나 해? 커서 뭐가 되려고! 네가 협객 김두한이냐. 내 요즘 TV를 보니 학교 폭력이 심각해서 속이 얼마나 상했는데. 이게 다 네 놈 같은 것들 때문에 선량한 학생들이 피해를 보는 거 아니냐고. 학생들이 무서워서 공부라도 제대로 하겠냐 이 말이야."

세 명의 신입생은 노인이 난데없이 정우에게 막말을 쏟아붓는 걸 보고 어이가 없었다.

"저 노인네 노망난 거 아니야? 감히 대령고 오야붕한 테."

"내가 가서 처리하면 점수 좀 따려나?"

"괜히 나섰다가 본전도 못 찾으면 어떻게 하려고."

"과연 이정우 선배님이 어떻게 대처할까?"

"난 오히려 저 노인네가 걱정이다 선배님 눈빛 보고 심 장마비 걸리는 거 아닌가 몰라."

세 명의 신입생이 정우의 대응을 기대하며 기다렸다.

그런데 상황은 예상과는 전혀 다르게 진행되었다.

"불편하게 해드려서 죄송합니다 어르신. 그런데 오해세 요 저는……."

정우가 난감해하며 사과를 하자 노인은 기세가 등등해 져서 더 크게 호통을 치며 훈계했다.

그 광경을 보고 세 명의 신입생은 인상을 찌푸렸다.

"야 저거 이정우 선배님 맞냐 확실히?"

"그냥 닮은 거 아냐? 우리가 잘못 본 거 같은데."

"아닌데 얼굴은 확실한데."

"근데 왜 저렇게 빌빌 거려. 잘못한 것도 없으면서."

"네가 잘 못 본 거 아니야?"

한 마디 대꾸도 못하는 정우를 보며 신입생들은 떫은 표 정을 지었다.

"카리스마는 개뿔. 김주호 선배님이 당했다는 거 그거

헛소문 아니야? 솔직한 말로 김주호 선배님 파벌이 한 두 군데냐. 내가 들은 얘기로는 김주호 선배님이랑 이어진 줄이 서울 전역에 퍼져 있다던데. 못 하나 튀어나왔다고 집이 무너지겠냐고. 내가 볼 땐 헛소문일 가능성도 없진 않아."

"아, 책 읽고 있을 때 알아봤어야 하는데."

"그냥 이정우 선배님이랑 닮은 거 아니야? 동명이인? 뭐 그럴 수 있잖아. 아니면 쌍둥이 동생이라던지."

"오타쿠 소문이 진짠가."

"쯧, 아까 인사 괜히 한 거 같네."

기대감을 무색하게 만드는 정우의 행동에 신입생들은 실망감이 가득한 얼굴로 꾸중을 듣고 있는 정우를 한심하다는 듯이 쳐다보았다.

"아니긴 뭐가 아니야! 나도 소싯적 김두한이랑 주먹도 겨룰 정도로 대단했던 사람이야. 하지만 주먹이라는 건 협을 위해서만 가치가 있는 일이지 요즘 세상에 그런 게 어디 있나. 자고로 학교에 가면 학우들을 위해서…!"

"어르신 잠시만요."

정우가 자리를 벗어났다.

"이 놈이 어른이 얘기하는데 어딜, 당장 이리……."

정우가 버스 손잡이를 잡으면서 몸을 허공으로 띄웠다. 허리를 비틀며 발등으로 이십대 후반으로 보이는 한 남자의 얼굴을 걷어찼다.

남자의 머리가 뒤로 튕겨져 나갔다.

발차기에 코가 깨지면서 피가 터졌다. 정우는 '억' 소리
를 내며 뒤로 넘어가려는 남자의 멱살을 잡아당기면서 뒷
덜미를 잡고 버스 창문에 밀어 붙였다.

쿵 하고 창문이 흔들렸다.

남자의 얼굴이 창문에 턱! 소리를 내고 붙으면서 피가
번졌다. 그 밑에 앉아있던 아주머니가 화들짝 놀라며 얼굴
이 창백하게 질렸다.

정우는 아랑곳하지 않고 뒷덜미를 잡아당기며 무릎으
로 그의 허리 척추를 무릎으로 찍은 뒤 바닥에 패대기쳤
다.

남자가 죽는 소리를 내며 바닥을 뒹굴었다.

버스 안 사람들이 휘둥그런 눈으로 정우를 쳐다봤다.

"아저씨랑 아주머니 지갑 없으시죠? 확인해보세요."

놀란 얼굴로 서 있던 한 중년 남성과 여성이 잠깐 넋을
놓고 있다가 정우의 말에 뒤늦게 서둘러 가방과 주머니를
확인하면서 분실물이 있는지 체크했다.

"엄마야 내 지갑!"

아주머니가 화들짝 놀라며 발을 동동 굴렸다.

중년 아저씨는 눈치를 챘는지 정우가 때려눕힌 남자의
품을 뒤졌다.

지갑이 5개가 쏟아져 나왔다.

"이 쌍 놈의 새끼!"

자신의 지갑을 되찾은 아저씨가 욕을 내뱉었다.

아주머니도 지갑을 되찾고는 안도의 표정을 지었다.

상황이 이렇게 되자 버스 안 사람들이 저마다 깜짝 놀라면서 자신의 귀중품을 확인했다.

물건을 도둑맞은 두 남녀를 제외하고는 버스 안에서 물건을 도둑맞은 사람은 없는 듯 했다.

아저씨는 흥분한 얼굴로 경찰서에 전화를 걸었고 아주머니는 이번에 멈춰선 정거장에서 급하게 내렸다.

꿈틀 거리면서 일어나 도망치려는 소매치기를 아저씨가 팔을 꺾어 완력으로 제압했다. 정우에게 피해를 입은 터라 소매치기는 제대로 된 저항도 하지 못하고 아저씨에게 간단히 붙잡혔다. 상황을 봐선 더 이상은 끼어들지 않아도 될 것 같아 보였다.

정우는 다시 원래 있던 자리로 돌아왔다.

"말씀 중에 죄송합니다. 소매치기가 눈에 보이는데 가만히 있을 수가 없어서."

말을 하면서 노인의 표정과 행동을 살폈다.

노인은 대답 없이 눈만 끔뻑 거렸다.

잠깐 동안 누워있는 저 아저씨와 눈앞의 노인이 한 패일 수도 있다는 의심을 했지만 곧 그 생각은 지웠다.

노인의 입에서 진한 술냄새가 났다.

공범으로 몰고 가기엔 다소 무리가 있었다.

"끅!"

할아버지가 로봇처럼 딱딱하게 굳었다.

그는 딸꾹질을 하며 뒤쪽에 비어있는 자리로 돌아가 의자에 앉았다. 계속 딸꾹질을 하고 있는 할아버지를 보며 정우는 쓴 표정을 지었다.

아마, 꽤 놀란 모양이었다.

어쩔 수가 없었다.

상황이 일단 시작되면 긴장을 놓아서는 안 된다.

상대가 누구든 인간을 제압하는 데 있어 사정을 둬선 안된다.

최선을 다해 전력을 상실하게끔 만들어야 한다.

기억을 잃은 주제에 어째서 그런 기준이 머릿속에 서 있는지는 모르겠지만, 정우는 본능적으로 그것을 전투의 원칙으로 여겼다.

바닥에 떨어져 있는 수학 교과서를 주워들었다.

먼지를 털어내고 다시 교과서를 읽으려던 정우는 어느새 버스가 대령고교 앞 정거장에 가까워지는 것을 보고 내릴 준비를 했다.

뒷문으로 가던 정우는 소매치기가 달아나려고 틈을

살피고 있는 모습을 보았다. 그리고 은연중에 정우와 눈이 마주쳤는데, 그의 눈에는 분노와 증오가 엿들어 있었다.

정우가 소매치기에게 빠르게 다가가 그의 얼굴을 찍어 밟았다.

'쿵' 하고 바닥이 울리는 소리가 나면서 소매치기의 입이 찢겨져 나갔다.

정우의 기준에 있어 타인의 선을 침범하는 범죄는 어떤 형태로도 납득성을 가질 수 없었다.

그것은 그의 사정이 어떻든 용납할 수 없는 일이다.

더군다나 감정은 남겨둬서 좋을 게 없다.

"다시 봐봐."

정우가 소매치기를 내려다보며 말했다.

소매치기가 입을 붙잡고 우는 소리를 냈다.

멱살을 잡아 주먹을 뻗었다.

묵직한 소리와 함께 소매치기의 의식이 반쯤 흐릿해졌다.

정우는 상체를 세우며 재킷을 당겨 잡으며 옷매무새를 고쳤다.

"제가 오늘 시험이라. 경찰서까지 부탁 좀 드리겠습니다."

버스가 정차하고 문이 열렸다.

소매치기를 붙잡고 있던 아저씨는 여전히 놀람이 사그라들지 않은 얼굴로 버스를 내리는 정우에게서 시선을 떼지 못했다.

정우가 내리고 문이 닫힐 때, 세 명의 신입생은 벌리고 있던 입을 다물며 다시 문을 열어 달라고 버스 기사에게 외쳐야 했다.

세 명의 신입생들은 도로 앞에서 학교 쪽으로 멀어지는 정우의 뒷모습을 보며 계속해서 벌어지고 있는 입을 다물지 못했다.

교문을 지나 학교 건물로 향하면서 길바닥이 한여름의 아스팔트처럼 아지랑이가 피어오르듯 휘어 보였다. 그러더니 눈 앞이 순간 새하얗게 변했다.

눈앞으로 순백의 빛이 덮쳐오자 몸이 살짝 흔들렸다.

순간 기억이 떠오른건가 하는 생각이 들었지만 아니었다.

중심을 잡고 간신히 섰다.

잠깐 멈추어 서서 뒷목을 주무르고 눈을 질끈 감았다가 떴다.

빈혈?

왠지 모르게 웃음이 나왔다.

몸 관리를 이렇게 하다니 좀 미련한건지도 모르겠다.

정우는 코로 한숨을 내쉬곤 다시 걸음을 옮겼다.

시험이 끝나면 오늘만큼은 푹 쉬어야겠다고 생각했다.

모의고사 기간이라 그런지 일찍 등교했음에도 교실에는 학생들이 꽤 있었다. 모두들 시험 준비를 하느라 책을 보느라 정신이 없어 보였다.

김주호는 교과서 위에 침을 흘리며 자고 있었다.

어깨에 깁스는 남아 있었지만 목발은 보이질 않는다.

짧은 시간 사이에 다친 발목이 그래도 다 나은 모양이다.

김주호도 그렇고 좀 전 버스에서도 그렇고 자신이 너무 공격적인 성향을 가지고 있는 것 아닌가 걱정이 들었지만 이내 그 생각은 사라졌다.

생각이 길어지면 위험해진다.

다시 비슷한 상황이 닥치면 망설일 것 없이 명확한 판단에 몸을 맡길 것이다.

지금 이 순간도 흔들리려는 자신에게 본능이 그렇게 말하고 있었다.

시험 준비를 위해 가방에 넣어둔 수학 교과서를 꺼내며 자리에 앉았다. 페이지를 펼쳐 글자를 읽으려던 정우는 조금 놀랐다.

글자들이 겹쳐 보였다.

곧 그 증상은 사라졌지만 걱정이 들었다.

시험 볼 때 이러면 곤란한데.

일찍 등교를 한 덕분에 여유 시간이 꽤 많았다.

시험 시간 동안의 컨디션을 위해서라도 좀 자둘까 생각하다가 그만 뒀다. 잠들었다간 다시 일어나기가 더 힘들 것 같았다.

마지막 시험이다.

조금만 더 힘을 내면 된다는 생각으로 정우는 마저 교과서를 읽어 나갔다.

정우

베가 현대 판타지 장편소설

제 2 화

성적

제 2 화
성적

I

모의고사 시험이 끝이 났다.

몇몇 아이들은 야자가 없다는 것에 기뻐하며 교실을 뛰
어 나갔고 대부분의 학생들은 시험을 망쳐서인지 하나같
이 얼굴이 죽상이었다.

다른 모의고사와 달리 3월 모의고사는 수능과 직접적인
관련이 있다는 통계학 자료를 바탕으로 한 소문 때문인지
아이들은 불안감을 떨치지 못하는 모습이었다. 그런 아이
들과 달리 정우는 마음이 가벼웠다.

정확히 공부한 만큼 성적이 나올 것이다.

암기한 문항은 풀었고 모르는 문제는 답을 적지 않았다.
찍어서 운으로 정답을 맞추면 오히려 앞으로의 공부 방향
을 계산하기 어려울 것 같아서였다.

첫 모의고사였지만 대체로 대부분 알고 있는 것들이라
성적은 꽤 상위권으로 나올 것 같았다.

1층으로 내려와 학교 건물 입구 앞에 섰다.

그늘진 입구 바깥으로 따듯한 햇빛이 내리 쬐이고 있었
다.

시험을 치는 동안 졸음이 몰려와 상당히 고역이었다.

얼른 집으로 돌아가 쉬고 싶어 서둘러 건물 밖으로 나서
려던 정우는 몸이 급격하게 무거워지는 걸 느꼈다. 그리곤
의지와 상관없이 머리가 멋대로 한 쪽으로 기울어 지는 걸
느꼈다.

한 발자국을 더 옮기기도 전에 몸이 넘어갈 듯 위태롭게
흔들렸다.

겨우 버티고 섰다.

정우가 호흡을 고르며 머리를 흔들었다.

의지와 상관없이 눈이 감기면서 순식간에 어둠이 의식
을 삼켜왔다.

귀를 파며 계단을 내려오던 김주호는 중앙 복도 입구 앞
에 쓰러져 있는 학생 하나를 보고 고개를 갸웃거렸다.

"저건 뭔데 저기 엎어져 있는 거야."

주머니에 양 손을 꽂아 넣고 계단을 내려오던 김주호는 쓰러져 있는 게 정우라는 걸 확인하고 눈살을 찌푸렸다.

"야. 거기서 뭐해. 일어나봐."

김주호가 정우를 발로 툭툭 찼다.

"왜 이래 이거?"

반응이 없자 김주호는 뺨을 긁적였다.

쭈그려 앉아 가까이서 살펴보니 얼굴색이 별로 좋지 않다.

사람을 부르려고 돌아서려던 김주호는 생각 끝에 몸에 돌렸다.

"가지가지 한다 정말."

정우를 등에 업으려고 팔을 잡아당기던 김주호는 어깨에 끔찍하리만큼 강한 통증이 올라오는 걸 느끼고 손을 놓았다. 다친 어깨와 이어져 있는 오른팔을 쓰지 않았음에도 몸에 힘이 들어가자 어깨에 지독한 통증이 올라왔다.

"돌겠네 진짜."

주변을 둘러본 김주호는 콧바람을 훅 내쉬며 정우의 뒷덜미를 잡아끌었다. 정우의 몸은 1m도 이동하지 못하고 김주호는 바닥에 자빠졌다.

바닥에 누워 고통에 괴로워하던 김주호는 천정을 보며 웃었다.

"장애인이 따로 없네."

천장을 가리며 얼굴이 나타났다.

"왜 둘이 바닥에 누워 있어?"

보건 선생 채아다.

김주호가 벌떡 일어났다.

"같이 누워 있는 게 아니라. 얘 이거 기절했어요."

신음이 터져 나오려는 걸 간신히 참으면서 말했다.

"기절했다고?"

정우의 상태를 뒤늦게 확인한 서채아가 입을 막으며 놀랐다.

"언제부터 이러고 있었던 거야?"

채아가 정우의 얼굴을 살피며 물었다.

"몰라요. 저도 방금 봤어요."

채아가 정우를 등에 업었다.

"으, 무거워……."

채아의 얼굴이 일그러졌다.

바닥에 정우의 발이 질질 끌렸다.

업는 게 아니라 끌고 가는 것처럼 보였다.

"너 이름이 뭐야?"

채아가 힘에 잔뜩 부친 얼굴로 말했다.

"김주호요."

김주호가 옷을 털면서 대답했다.

"김주호? 김주호면 너…."

"긴 말 말죠. 무거워 보이는데."

"아, 알았어. 미안한데 보건실 문 좀 열어줄래? 열쇠는 내 가운 왼쪽 주머니에 있어."

채아가 정우의 무게에 거친 숨소리를 가다듬으며 힘겹게 말했다. 김주호는 못 마땅한 얼굴로 채아의 가운 주머니에서 열쇠 꾸러미를 꺼냈다.

"뭐가 보건실 열쇠에요?"

"제일 작은 거."

앞서 걸어가 보건실 문을 열었다.

채아는 부들거리는 다리로 겨우 보건실에 도착해 정우를 침대에 눕혔다.

"할머니에요? 뭘 그렇게 힘들어 해."

"나 여자거든? 그리고 본인은 업지도 못하고 나자빠진 주제에."

"저는 팔 다쳤잖아요."

"이게 어디서 짜증이야. 그리고 팔 다친 너한테 못 업었다고 얘기한 거랑 내가 힘들어하는 거랑 똑같은 거거든?"

"뭐 그러시든가. 보건실 문 열어줬으니까 됐죠? 난 갑니다."

김주호가 열쇠꾸러미를 던졌다.

채아가 열쇠를 못 받고 손끝에서 놓쳤다.

철컥 하고 열쇠꾸러미가 바닥에 떨어져 내렸다.

"던지고 난리야."

채아가 볼멘 소리를 하며 열쇠 꾸러미를 주워 들고 등을 세웠을 때 김주호는 이미 나가고 없었다.

"한 성격 하시네 정말."

채아는 혀를 내두르며 보건실 문을 닫은 후, 누워있는 정우의 침대 앞으로 다가가 안색을 살폈다.

◆◆◆

한 치 앞을 볼 수 없는 칠흑같이 어두운 공간에 빛이 서서히 들어섰다.

거친 호흡소리가 귀로 들려왔다.

심장이 쿵쾅 거리는 고동이 가슴에서 느껴진다.

빛이 완전히 밝았다.

고급스러운 펜션 내부가 눈에 들어왔다.

자신은 벽에 어깨를 기대고 다리를 굽혀 자세를 숙이고 있었다.

손에는 권총이 쥐어져 있다.

언제라도 발포할 수 있도록 격철을 서서히 당겼다.

벽 너머로 시선을 던졌다.

어질러져 있는 책상이 보였고 거실 중앙엔 시체가 쓰러

져 있다.

총상을 입고 쓰러져 있는 시체는 처음 보는 얼굴이다.

누구에게 당했지?

벽난로에서 불이 타오르고 있었지만 온도와 관계없이 서늘한 긴장감이 어깨 위로 내려앉았다.

소리가 날 때 까지 기다렸다.

생과 사는 한 순간에 결정된다.

찰나의 방심.

한 순간의 조급함이 죽음을 결정짓는다.

기다리자.

타겟의 위치를 확보해야만 한다.

덜컹!

소리가 들렸다.

지하실?

심장이 타들어가듯이 뜨거워졌다.

들켰어!

더 이상 지체할 수 없다.

몸을 일으키며 거실을 가로 지를 때 베란다 창문이 깨지면서 탄환이 빗발쳤다.

머리를 숙이고 벽을 등지기 위해 몸을 날렸다.

몸을 스치고 지나간 탄환이 벽을 부술듯이 연사되었다. 간신히 거실을 지나 작은 방과 이어진 복도 사이에 벽을 등에 지고, 적이 나타날만한 위치를 향해 총을 겨눴다.

지체할 시간을 주지 않고 눈앞에 검은 군복을 입은 남자가 모습을 드러냈다.

몸을 옆으로 기울이며 방아쇠를 당겼다. 타앙! 하고 짧은 소리와 함께 남자의 이마에 구멍이 뚫렸다.

신장이 족히 190은 될 것 같은 거구의 몸이 뒤로 넘어갔다. 바깥쪽에서 시야가 닿지 않을 각도 내에서 죽은 남자의 양 다리를 잡아 당겼다.

시체가 끌려오면서 바닥에 피가 급속도로 번졌다. 권총은 뒤쪽 허리춤에 꽂아 넣고 상대가 들고 있던 소총을 뺏어 들었다.

탄환수를 확인했다.

5발.

권총에 남은 탄이 4발.

도합 9발.

마른침을 삼키며 작은 방문을 열었을 때, 문 앞에 벽을 등진 그림자가 보였다.

어금니를 꽉 물며, 각오를 굳히고 진입하려는 순간.

"나다."

남자의 목소리.

분명 들어본 목소리다.

귀에 익은 목소리.

누구?

그림자가 움직였다.

소총을 가슴 앞 쪽으로 당겨 올릴 때 빛이 쏟아졌다.

정우는 번쩍 눈을 뜨고 상체를 일으켰다.

넘어갈 것 같은 숨소리를 뱉어내며 이마를 붙잡았다.

머리가 깨질 것 같은 통증은 참기 힘들 정도로 끔찍했다. 통증은 서서히 가셨고 겨우 주변을 확인할 수 있었다.

"정신이 좀 들어?"

서채아.

그녀의 얼굴이 보였다.

보건실이었다.

너무 생생한 꿈이라 현실로 돌아와 놓고도 구분이 잘 가질 않았다.

채아가 손수건으로 이마에 맺힌 땀을 닦아주며 말했다.

"지금 몇 시에요?"

"여덟 시 반."

그녀 말대로 창밖을 보니 캄캄 했다.

"죄송합니다. 괜히 저 때문에 퇴근도 못 하시고."

"됐네요."

채아가 웃으면서 정우의 이마에 손을 가져갔다.

"다행이 열은 내렸네. 어디 아픈데 없어?"

"네."

확실히 몸이 가벼워진 걸 느꼈다.

몸 상태가 정상으로 돌아오니 그동안 상태가 얼마나 안 좋았었던 건지 이제야 감이 조금 왔다.

"많이 피곤해 보이는데 식사랑 잠은 충분히 챙긴 거야?"

대답을 못하는 정우를 보며 채아가 콧잔등을 찡그리며 정수기에서 따듯한 물 한잔을 따라 왔다.

"좀 마셔. 목은 안 부었어?"

"괜찮아요."

"고3은 체력 싸움이야. 미련하게 공부만 한다고 되는 게 아니라고요."

채아가 핀잔을 주었다.

정우는 물 컵을 내려놓고 침대에서 내려왔다.

"그만 가볼게요."

"뭐가 그렇게 급해. 좀 더 쉬다가 가도 돼."

"부모님도 기다리실 테고."

"걱정 마 집엔 연락해뒀어. 그나저나 무슨 꿈을 꿨길래 그런 얼굴을 하면서 잔거야."

채아의 말에 꿈을 떠올리자 머리털이 곤두섰다.

그 꿈은 현실이라고 해도 믿을만큼 생생했다.

"악몽을 좀 꿔서."

"다들 그래. 고3 되면 안 하던 공부를 너무 타이트하게 몰아서 하니까 몸이 못 버티는 거야. 얼마나들 픽픽 쓰러

60

지시는지."

채아가 웃으면서 주변을 정리했다.

"잠깐만 앉아 있어. 선생님이 집까지 데려다 줄게. 괜찮다는 말은 하지 마. 내가 안 괜찮아서 그래."

정우는 입을 열려다 다물었다.

예의상 하는 말이 아니라 이미 마음을 굳힌 것처럼 보였다.

"보건실에 누가 데려온 거예요? 중앙 출입구에서 쓰러진 걸로 기억하는데."

"김주호라는 학생이…."

"주호가 절 데려왔다구요?"

채아가 가방을 어깨에 매면서 고개를 저었다.

"데려온 건 아니고. 다친 몸으로 데려가려고 용쓰고 있길래, 내가 너 업어 온 거야. 근데 걔 성격 무시무시 하더라. 나 솔직히 좀 쫄았어. 표정이며 말투며 얼마나 성격이 거칠던지."

채아가 과장되게 몸을 부르르 떨어 보였다.

정우가 작게 웃었다.

"참 넌 손은 다 나았어?"

"네. 워낙 응급처치를 잘해주신 덕분에요."

채아가 진지한 표정으로 고개를 끄덕였다.

"암. 그럼 내가 누군데. 명문 대령고의 보건 선생 아니겠어."

"여전히 재미가 없으시네요."

"시끄러. 웃으라고 한 말 아니거든. 이제 괜찮아 졌으면 그만 나가자."

보건실 불을 끄고 문을 잠그고 나왔다. 복도를 걸어갈 때, 반대편에서 체육 부장이 보였다.

"어? 퇴근 안 하셨어요?"

채아가 물었다.

"약속이 있어서요. 처리할 일 미리 해놓고 있다가 근처 에서 보려고. 그런데 서선생님은 왜 지금…."

채아가 정우를 가리켰다.

"정우가 의식을 잃고 쓰러져서요."

"그랬구나. 지금은 괜찮은 거에요?"

"네 보시다시피."

"다행이네요. 이정우 인마 몸 관리 똑바로 안 할래. 너 때문에 서선생님이 이 시간에 퇴근하잖아."

"왜 그러세요. 정우가 그러고 싶어서 그런 것도 아닌데. 아파서 그런 거니까 괜찮아요."

"이정우 너! 방금 들었지. 서채아 선생님한테 잘 해. 알 았어?"

채아가 난감한 얼굴로 웃었다.

정우가 짧게 고개를 숙였다.

"어? 부장님 코에 뭐 묻으셨어요."

"네?"

채아의 말에 체육 부장이 화들짝 놀라며 손으로 코를 털어냈다.

"아까 빵 먹다가 그만 묻었나 보네요. 하하. 그럼 들어가세요."

"네 부장님도요."

멀어지던 체육 부장이 채아를 돌아보았다.

"아 참! 서선생님. 이번에 회식 있대요."

목청이 좋아서 조용한 복도가 쩌렁쩌렁 울렸다.

"언제요?"

채아가 거리가 좀 있어 소리를 조금 크게 내며 물었다.

"글쎄요 정확한 날짜는 모르겠는데 모의고사도 끝나고 해서 이번 주 주말쯤?"

"아 정말요? 알겠습니다."

채아의 얼굴색이 어두워졌다.

회식이라면 정말 질색이다.

"교감 선생님이 한 번 더 얘기하시겠지만 이번에 빠지는 건 좀 힘들 것 같아요."

채아가 억지로 웃어 보였다.

정말이지 온몸에 힘이 쭉 빠졌다.

인사를 끝맺고 밖으로 나와 주차장에 세워진 채아의 국

산 SUV 차량에 올라탔다.

"내 애마 멋지지."

채아가 자랑스럽게 말했다.

"글쎄요. 전 차에 대해선 잘 몰라서."

관심없다는 투로 말하는 정우를 보며 채아가 입을 삐죽 내밀었다.

"꽉 막혔어 아주. 그냥 예쁘다고 하면 되지. 타 얼른. 춥다."

교문을 나와 네비게이션을 찍고 집으로 가면서 채아가 손을 뻗어 음악을 재생시켰다.

발라드 노래가 나왔다.

채아는 멜로디를 흥얼거리며 운전했다.

퇴근 시간이 지나서 얼마 걸리지 않아 금세 도착할 것 같았다.

"시험은 잘 봤어?"

"공부한 만큼 나올 거 같아요."

정우가 창밖을 보며 대답했다.

"왠지 자신 있어 보이는데? 방학 때 준비 많이 했나보네."

"아니요. 모의고사 제대로 시작한 건 얼마 전이에요."

"뭐? 그럼 그 전엔?"

정우는 고개를 저었다.

"전혀 안 한 거야?"

"네."

"모의고사 준비를 방학 끝나고 하는 학생이 어딨어."

채아가 땀을 삐질 흘리며 말했다.

"그게 사정이 좀 있어서."

"고2 때는 성적 얼마나 나왔어?"

"전교 꼴등이라고 들었어요."

빨간 불 앞에 정차하고 물을 마시려던 채아는 정우의 말을 듣고 하마터면 물을 뿜을 뻔 했다.

"저, 전교 꼴등?"

"네."

"근데 공부가 한 만큼 나올 것 같다니. 그냥 공부 안 했다는 소리잖아."

"그 땐 안 했고 지금은 방학 끝나고 열심히 했으니까. 좋은 결과 있을 겁니다."

"그, 그래. 열심히 해."

좋은 결과라니 대체 무슨 근거로….

전교 꼴등이라니….

무엇 보다 그런 전설적인 등수를 기록해놓고 전혀 창피해하지도 무안해하지도 않는 당당함이 더욱 놀랍다.

특이해 정말.

넘어가기로 하자.

성적은 예민한 부분이라 괜히 기분을 상하게 할 수도 있다.

"표정이 계속 안 좋은데. 몸이 아직도 안 좋은 거 아니야?"

"아니요. 실은 아까부터 꿈이 좀 신경 쓰여서."

"꿈? 아 그 악몽? 꿈은 반대라잖아. 잊어버려."

정우가 엷게 웃었다.

"네."

"그나저나 주호가 왜 널 도와주려고 했을까? 내가 알기로 너희 크게 싸운 걸로 아는데. 주호는 부모님까지 교무실에 찾아오셨다며. 한바탕 난리였다던데."

"글쎄요. 저도 잘 모르겠어요. 좀 특이한 애라."

채아가 입을 가리며 웃었다.

"왜요?"

"응?"

"웃으셨잖아요."

"내가 알기론 김주호라는 학생이 너한테 혼났다고 하던데."

정우가 고개를 갸웃거렸다.

"혼났다고요?"

"때렸다고 해야 하나? 때려 눕혔다?"

정우가 그제야 알겠다는 듯 웃었다.

"그런데요?"

"엄청 불량스러워 보였어. 아까도 얘기했지만 무서워서 몸이 다 떨릴 정도였다니까. 그런데 그런 학생을 너처럼 착해 보이는 애가 그렇게 했다니까 좀 신기하기도 하고. 그래도 말투랑 눈빛은 좀 거칠어 보여도 걔도 본성은 착한 애 같던데."

"애들 괴롭히고 돈이나 뺏던 놈이에요."

정우가 무심하게 말했다.

"그럴만한 이유가 있지 않았을까?"

"그런 것에 굳이 이유를 붙일 필요는 없지 않을까요."

"어느 누구나 이유 없는 사람은 없어. 누구에게나 상처는 있거든. 어쩌면 주호 학생에게도 그런 큰 상처가 있는 건 아닐까?"

"상처의 크기가 얼마든 상처받았다는 이유로 화살을 아무런 죄도 없는 약자에게 돌리는 건 별로 이해하고 싶은 생각이 없네요."

"알아. 하지만 다 컸다고는 해도 그래도 아직 미성년자잖아. 실수도 할 수 있는 거고. 내가 볼 땐 김주호란 학생은 지금 꽤 중요한 시기를 앞둔 것 같은데. 정우가 좀 도와주는 건 어때? 내가 볼 땐 좋은 친구가 될 수도 있을 것 같은데."

"싫습니다."

채아가 씁쓸하게 웃었다.

"단호하네 정우 학생은."

"친구같은 거 별로 필요 없거든요. 혼자인 게 훨씬 편하기도 한 것 같고."

"친구란 소중한 거야. 난 꼭 네가 친구가 많아졌으면 좋겠어. 그리고 주호랑도 잘 지냈으면 좋겠고. 누군가의 작은 손길이 그 사람의 아픔을 위로해줄 수 있다면 다시 있을 실수를 막을 수도 있다는 거. 한 번 생각은 해봐. 물론 흘려들어도 상관없지만."

정우는 대답 없이 창밖을 응시했다.

도로를 벗어나 골목길로 들어왔다.

아파트 앞에 도착하고 벨트를 풀었다.

"여기 맞아?"

채아가 고개를 빼꼼 내밀어 오래된 아파트를 올려다보며 물었다.

"네. 데려다 주셔서 감사합니다."

"고맙긴. 별로 멀지도 않은데. 들어가서 몸조리 잘 해."

"네."

인사를 하고 집으로 들어가던 정우가 망설임 끝에 채아에게 다시 돌아왔다.

"저 선생님."

채아가 닫았던 창문을 밑으로 내렸다.

"응?"

"아까 차 안에서 해주신 말씀이요."

"응. 왜?"

"감사했습니다."

"그 말 하려고 다시 온 거야?"

"네."

채아가 빙긋 미소 지었다.

"알았어. 추워. 얼른 들어가서 쉬어."

채아가 손을 흔들었다.

정우는 정중하게 인사를 전하고 아파트 안으로 들어갔다.

역시 난 멋진 선생님이야.

스스로를 칭찬하며 핸들을 돌리며 채아는 입을 쭉 찌푸렸다.

"근데 여기 동네가 좀 무섭네."

인적이 드문 골목을 빠져 나가며 채아는 댄스곡을 틀었다.

오디오에서 신나는 힙합 음악이 흘러 나왔지만 도로로 나올 때까지 긴장감은 사그라들지 않았다.

◆◆◆

연합학력평가 3월 모의고사를 채점하던 이경철은 눈을 비볐다. 이름과 채점 결과를 몇 번이나 번갈아 보았다. 눈이 잘못되었나 싶어 몇 번이나 확인에 확인을 더해봐도 결과는 마찬가지였다.

"이게 뭔⋯."

사회, 과학, 영어 만점.

국어가 1등급 수학이 2등급이다.

더군다나 이번 모의고사는 난이도가 높았다.

이 정도면 전국 석차에서 상위권에 이름을 올릴만큼 뛰어난 점수다. 이경철은 교무실에서 나가려는 4반 반장을 불러세워 정우를 데려오라고 지시했다.

교무실에 찾아와 인사를 하는 정우를 보자마자 이경철이 진지한 얼굴로 채점 결과를 확인 시켰다. 점수를 확인한 정우가 마치 당연한 결과를 보듯 고개를 끄덕이는 걸 보고 이경철은 기가 찼다.

"이상하다는 생각 안 들어?"

정우는 고개를 저었다.

"전혀요."

"전혀요? 전교 꼴등이었던 네가 어떻게 이런 점수가 나와? 컨닝했어? 너희 집안 형편에 불법 과외를 했을리는 없고. 솔직하게 얘기해봐. 어떻게 된 거야?"

"부정행위는 없었습니다."

"장난하냐 지금? 그게 아니면 상식적으로 말이 안 돼잖아. 몇 년을 공부해도 힘든 공부를 고작 방학 기간 사이에 점수를 이렇게 말도 안 되게 폭등시킨 다는 게. 넌 이 상황이 이해가 돼? 이 점수를 보고 아 우리 정우 공부 열심히 했구나. 할 줄 알았어? 사실을 똑바로 대! 빨리 처리하지 않으면 일 커져 인마."

정우는 휴대폰을 꺼냈다.

"이 새끼가 선생님이 말하는데 휴대폰을 꺼내고. 너 뭐 하는 거야?"

정우는 잠금장치를 해제하고 메모장을 실행시킨 뒤 휴대폰을 이경철에게 주었다.

"무작위로 숫자 적으세요."

"지금 나랑 놀자는 거냐?"

"이해시켜 드리려고 하는 겁니다. 제 암기력에 대해."

"암기력?"

"숫자 서른 개 아니 마흔 개도 상관없어요."

이경철이 체념한 얼굴로 헛웃음을 흘리며 숫자 키패드를 무작위로 찍었다.

"암기력 같은 소리하고 있네. 왜? 뭐 한 번 보면 안 잊어먹는 능력이라도 생긴 거냐?"

"네."

"뭐?"

숫자를 적던 이경철이 짜증을 억누르며 고개를 들었다.

"다 적으셨으면 말씀해주세요. 외울 테니까."

이경철이 정우를 노려보다가 코로 한숨을 내쉬며 휴대폰으로 시선을 내렸다.

"뭐하는 짓인지 참.

26265168465132151454472123409."

이경철이 메모장에 무작위로 적은 숫자를 무성의하게 불렀다.

"끝이에요?"

"그래. 왜 너무 짧아?"

"짧든 길든 별로 상관은 없어요."

"이게 진짜 머리가 어떻게 됐나. 갑자기 무슨⋯."

"26265168465132151454472123409."

이경철은 명한 얼굴로 정우를 보다가 고개를 갸웃 거렸다.

"다시 말해봐."

이경철이 메모장을 보면서 말했다.

"26265168465132151454472123409."

이경철은 눈을 끔뻑거리며 귀를 긁적였다.

"이게 어떻게 맞지⋯."

"I have a excellent memorization. so in short time, there were good results."

이경철은 귀신을 보는 듯한 눈으로 정우를 쳐다봤다.

정확한 억양과 발음.

정우의 영어는 현지 미국인이 말하는 것과 비교해도 손색이 없을만큼 완벽했다.

"Do you understand?"

"이해했어. 이해했다고. 그리고 한국말로 해 이 자식아."

"그만 가 봐도 되겠습니까."

이경철이 당황한 얼굴로 목을 북북 긁으며 손을 저었다.

"나가봐."

정우가 나간 뒤, 이경철은 뒷머리를 긁으며 컴퓨터에 나와있는 채점 결과를 쳐다보았다.

난데없이 뒤통수를 얻어맞은 기분이었다.

◇◇◇

"이경철 선생. 그걸 지금 말이라고 하는 겁니까?"

교장이 한심하다는 듯이 그를 나무라며 혀를 찼다.

"숫자를 외웠다니까요. 그것도 30개 가량이나 되는 걸. 제가 확인했습니다."

"이선생. 마술 모릅니까?"

"알죠."

"그거 어떻게 하는 겁니까?"

"그야 트릭으로……."

"그래요. 트릭이에요 트릭. 그런 더러운 재주가 있으니까 이런 성적도 나오는 것 아니겠어요."

"영어를…."

"아 정말 이선생 돌대가리야? 왜 이렇게 사람을 흥분 시켜. 그런 짧은 영어도 못 외우면 그게 인간이겠어? 당연히 다 준비한 멘트지. 이경철 선생이 영어를 할 줄만 알았어도 그 자리에서 놈은 정체가 탄로 났을 겁니다."

"시험 직전에 마지막으로 시험지를 확인한 게 박선생이었는데. 밀봉 상태였다고 합니다. 손 댄 흔적은 전혀 없었다고…."

"컨닝일 수도 있고 우리 학교에서 문제지를 빼지 않았더라도 다른 곳에서 문제지를 입수했을 가능성도 있지 않습니까. 1년 전 인근 고교에서 학원 강사가 거액 주고 시험지 사서 지 뱃속 챙기다가 쇠고랑 찬 거 기억 안 납니까?"

교장은 어떻게든 정우를 조사해 학교에서 밀어낼 생각인 것 같았다.

여차하면 없는 일도 만들어버릴 기세였다.

"암튼 이정우 학생은 우리 명문 대령고교를 갉아먹는 해충입니다. 일전 사건도 그렇고 그래 그 때도 협박하는 거 보세요. 그게 어디 학생입니까? 순 깡패지."

"그렇다고 딱히 증거도 없는 상황에서 뭘 어쩔 수가 없지 않습니까."

"답답하네 정말. 이봐요 이선생 우리가 무슨 경찰입니까 증거를 찾고 앉아 있게. 당연히 재시험을 봐야지요."

"재시험이요? 전례가 없는 일을 그렇게…."

교장의 눈이 족제비처럼 쭉 찢어졌다.

"이선생 자꾸 답답한 얘기 할 겁니까. 전례가 없는 건 이런 일이 없었기 때문에 전례가 없는 겁니다. 무슨 소리 하시는 거에요. 지금 자꾸 이정우 학생 두둔하는데, 없는 살림에 치맛바람이라도 불었습니까?"

"교장 선생님 그게 무슨!"

"아니면 입 다물고 시키는 대로 하세요. 어디보자."

교장이 팔을 걷어 메탈 시계를 내려다보았다.

"점심시간 끝나는 데로 몇 명 더 붙여줄테니까 단군 이래 최고의 난이도로 모아모아 문제를 만들어 보세요."

"공정성은 맞춰야지요."

"이 선생. 지금이 기회에요. 학교의 물을 흐리는 놈들은 내쫓아 보내는 게 학교를 위한 길입니다."

김주호에 대한 얘기를 꺼내려다 그만뒀다.

공연한 반항으로 밖에 비치지 않는다.

"기일은 얼마나 필요할 것 같습니까."

"일주…."

한숨을 내뱉으며 입을 여는 이경철의 말을 교장이 끊어 먹었다.

"책임지고 이정우 학생 3일 안에 재시험 치게 준비 하세요."

"제가 쉬고 있는 것도 아니고 수업 준비며 할 게 있는데 어떻게."

"이선생 혼자 하랍니까? 사람 붙여준다잖아. 왜 이렇게 눈치가 없어? 일주일후면 학교로 성적표 날아오는데 불 번지기 전에 화재진압 해야 할 거 아닙니까."

이경철이 쓰디 쓴 침을 삼키며 고개를 끄덕였다.

"알겠습니다."

말이 통하질 않는다.

막무가내였다.

"나가보세요."

교장실을 나온 이경철은 닫힌 문을 돌아보며 소리 없이 입모양으로 욕을 중얼 거렸다.

이경철은 교외 휴게실에서 담뱃불을 붙이며 한숨과 함께 연기를 토해냈다.

이경철은 쓰레기통에 침을 탁 뱉었다.

담배 연기가 지독하리만큼 썼다.

"부르셨다구요."

정우가 휴게실 문을 열고 들어오면서 불렀다.

"들어오지 말고 밖에 있어."

담뱃불을 끄고 휴게실을 나왔다.

정우를 데리고 나무 벤치로 가서 앉았다.

"기분 나쁘게 듣지 말고. 네가 이해해라. 학교 측으로선 어쩔 수 없는 일이니까."

정우가 고개를 끄덕였다.

"말씀하세요."

"재시험을 볼 거다."

"언제입니까?"

이번에도 따질 거라고 생각했던 이경철은 의외로 정우가 담담하게 받아들이는 걸 보고 조금 놀라고 말았다.

더불어 당황하지 않는 걸로 봐선 재시험에 대한 두려움은 일절 보이지 않았다.

추궁해서 더 캐내려고 해봤자 더 나올 것도 없어 보였다.

"시험이 좀 어렵게 나올 거야. 교장이 작정했거든. 너 찍힌 거야 교장한테."

"날씨가 꼭 봄 같네요."

정우가 아무래도 좋다는 듯한 얼굴로 주변을 둘러보면서 말했다.

"넌 이 상황에 날씨 타령이냐."

"곧 다시 추워진다니까 옷 따뜻하게 입고 다니세요."

"네 재시험 걱정이나 해. 일 틀어지면 가차 없이 퇴학이야."

"걱정 마세요. 더 하실 말씀은 없으세요?"

"진짜야? 네가 말한 그 기억력이라는 거."

"확인하셨잖아요."

마술 아니야? 라는 말이 목구멍까지 올라왔다가 내려갔다.

지금으로선 그저 교장이 만든 재시험의 덫을 정우가 당당히 탈출하기를 바랄 수밖에 없었다.

재시험 당일.

교장은 자신만만하게 웃었다.

전교 꼴등이었던 놈이 무슨 수로 성적이 그렇게 한 번에 뛰어. 뭐? 한 번에 외울 수 있는 암기력? 웃기고 자빠졌네. 재시험으로 성적이 바닥을 치는 순간 넌 우리 학교에서 아웃이야.

감히 날 CCTV로 협박해? 주제도 모르고 까부는 이 천둥벌거숭이 자식. 내일 당장 퇴학 처리를 밟게 해주지.

교장은 면담실 안에서 시험지를 받고 있는 정우를 보며

한 쪽 입꼬리를 들어 올렸다.

"준비됐습니다."

교감의 말에 교장이 고개를 끄덕였다.

재시험이 시작되었다.

부정행위를 저지를 수 없도록 어디 답을 적어둔 곳이나 숨겨온 컨닝 페이퍼가 없는지 확실하게 조사했다. 자 어디 한 번 그 대단한 암기력 한 번 발휘해 보시지.

예상한 시간 보다 시험은 일찍 끝이 났다. 정우가 쉬는 시간을 마다하고 연속으로 문제를 풀었기 때문이다.

2시간도 되지 않아서 모든 시험이 끝이 났다.

그 소식을 듣고 교장은 정우가 시험을 포기했다고 생각하고 웃음을 멈출 수 없었다.

채점 결과를 가져온 교감의 말을 듣고 교장은 잠시 넋이 나갔다.

"…뭐라구요?"

"점수가 더 올랐습니다. 수학과 국어는 1등급. 나머지 영어랑 사탐은 만점입니다. 점수는 380점. 전교 석차로 치면 상위권입니다."

교감이 힘들게 말을 꺼냈다.

"어떻게 그럴 수가 있습니까? 도대체 문제를 얼마나 쉽게 만들었길래…. 초등학생 시험지 만들었어요? 어떻게 그런 점수가 나와!"

"그게 저도 채점 결과를 보고 이선생을 포함해 문제를 담당한 각 선생들을 모아서 얘기를 해봤고 저 역시 시험지를 확인해본 결과 난이도는 충분히 높……."

"그럴 리가 없잖아!"

교장이 흥분한 얼굴로 책상 위에 엎어져 있던 책을 집어 던졌다.

허리에 손을 얹고 씩씩 거리던 교장은 고개를 갸웃 거렸다.

"선생 중 한 명이 문제를 빼돌린 게 틀림없어. 그렇지 않고서야 어떻게 만점이…."

"이정우 학생을 불러서 시험을 본 내용에 대해 이것저것 질문을 던져봤는데."

"던져 봤는데?"

"반론의 여지가 없도록 완벽하게 문제를 이해하고 있었습니다."

"그게 말이 됩니까! 전교 꼴등이었어. 우리 학교에서 존재의 이유가 없는, 죽어 마땅한 해충같은 전교 꼴등이었다고. 근데 하루아침에 메뚜기도 아니고 등급이 그렇게 뛰다니. 이게 무슨 미친 개 씨나락 까먹는 소리냐고!"

악에 받친 얼굴로 소리를 지르는 교장을 보며 교감은 귀를 틀어막았다.

◆◆◆

성적표가 나왔다.

이경철이 이름을 불러 하나씩 나눠주기 시작했다. 하나 둘, 앞으로 나가 각자 성적표를 받아 각자 자신의 자리로 돌아갔다.

"이정우."

이름이 호명되었다.

정우는 자리에서 일어나 이경철에게서 성적표를 받아왔다. 자리로 돌아오자마자 김주호가 은근히 관심을 보였다.

"몇 등이냐?"

"남의 성적은 알아서 뭐하게."

차갑게 대꾸하며 성적표를 접어서 가방 안에 넣었다.

"망쳤구만. 숨기는 거 보니."

김주호가 히죽 거리며 비웃었다.

자신의 전교 석차를 확인한 김주호의 얼굴이 금세 마른 땅처럼 갈라졌다.

재시험을 봤다는 소문은 학교에 퍼지지 않았다.

교감은 교사들과 정우에게 퍼져봐야 좋을 것 없으니 흉한 꼴 보기 싫으면 입들 다물라고 은근히 협박조로 엄포를 놓았기 때문이다.

별로 기분이 나쁘진 않았다.

학교 측의 반응은 충분히 이해할 수 있었다.

솔직히 자신도 어이가 없을 정도니까.

꽤 무리한 공부를 하긴 했지만 그 걸 떠나서 한 달반 가량 사이의 공부로 원시인 수준에서 전교 석차 상위권으로 올라 섰다.

한 번 보면 잊을 수 없는 기억력이라니.

믿기 어려운 얘기이긴 하지만 호기심에 한 번 찾아본 적이 있었다.

자신 말고도 그런 능력을 가진 존재가 있는 지에 대해. 그리고 정우는 놀랍게도 자신 말고도 그런 사람이 존재했다는 걸 알 수 있었다. 하지만 천재성을 띄고 있는 사람들 대부분은 서번트 증후군(정식의학명칭으로써는 이디엇 신드롬)을 앓고 있었다.

서번트 증후군 혹은 서번트 신드롬이라 불리는 이 것은 좌뇌 발달이 저조함에 비해 우뇌가 평균치를 웃도는 극단적 발달 현상이 나타나는 장애로, 발달장애와 지적장애 등 뇌 장애를 가진 사람들 중 특정분야에서 천재적인 재능을 발휘하는 현상을 말한다.

실 예로 톰 크루즈 주연의 영화 '레인맨'은 세계 최고의 기억력을 가진 '킴 픽'이라는 실존인물을 소재로 만들어진 영화였다.

킴 픽은 빠른 시간 안에 정우 자신 보다 훨씬 빠른 속도로 읽고 외웠으며 엄청난 암산으로 계산력까지 갖춘 것으로 알려져 있었다.

한 번 본 전경을 기억하는 능력을 지닌 스티븐 월셔 역시 이와 마찬가지.

다만 의아한 것은 그런 그들과 달리 정우 자신은 지극히 멀쩡한 좌뇌를 가지고 있다는 점이다.

우뇌가 뛰어난 만큼 양손을 자유자재로 쓸 수 있다는 사실도 그 때 깨달았다.

감각이 뛰어난 것은 좌뇌와 우뇌 모두 뛰어난 발달 능력을 가지고 있기 때문이 아닐까라고도 추측 했었다. 하지만 뇌를 촬영한 사진을 보고 담당 의사는 특별한 말을 덧붙이지 않았었다. 의학계에서는 이런 특별한 능력을 가진 원인에 대해 좌뇌의 손상과 우뇌의 보상이론이 가장 설득력 있는 이론이라고 받아들여지는 추세였다.

좌뇌의 손상과 우뇌의 보상이론은 좌뇌의 손상으로 역설적으로 우뇌의 기능촉진을 불러일으킴으로 손상되지 않은 우뇌가 모든 역할을 담당함에 따라 좌뇌를 보안하는 강력한 보상 작용이 일어남으로써 특정한 분야에 천재적인 능력을 나타낸다는 이론이었다.

확실히 그럴 만하다고 생각되는 추측이지만 그에 반해 지극히 정상적, 아니 외려 뛰어난 좌뇌를 가지고 있는 자신은 도대체 무엇으로 설명할 수 있는 것일까.

"이상이다."

상념에 빠진 사이 종례가 끝났다.

인사 후, 정우는 가방을 챙겼다.

◇◇◇

"정우야 얼른 와 고기 탄다."

얼마나 큰 소리를 내는지 화장실 밖에서 내는 어머니의 목소리가 귓전에 대고 하는 소리처럼 들렸다. 수건으로 얼굴을 닦으면서 거실로 나왔다.

"얼른 앉아."

바닥엔 신문지가 깔려있고 버너 위로 불판이 뜨거운 열기로 고기를 익히고 있었다. 베란다 문을 열어놨는데도 연기가 온 집안을 채우고 있었다.

얼굴을 닦은 수건을 화장실 문고리에 걸고 불판 앞에 양반 다리로 앉았다.

열려있는 베란다문 너머로 통화를 하고 있는 아버지의 뒷모습이 보였다.

"아 글쎄 그렇다니까. 우리 아들이 이번에 연합학력 그 뭐시기냐 암튼 모의고사에서 만점이 몇 개였는지 알아? 그래 얘기 했어? 국어 수학을 빼고 전부 만점을 받았다고 내가 얘기했나? 아 그런가? 국어 수학도 1등급이라고 얘기

84

했던가? 아 그래? 으하하하!"

아버지가 허리를 젖히며 커다랗게 웃었다.

"여보 목소리 좀 낮춰요. 밑이고 위고 다 찾아와서 한 소리 하겠네."

"시끄러 이 여편네야. 으하하하!"

"결혼하고 나서 네 아버지 저렇게 웃는 거 처음 본다."

어머니의 말에 정우는 작게 웃었다.

"병원은 정말 안 가 봐도 되겠어?"

어머니가 정우의 밥그릇 위로 고기를 놔주면서 물었다.

"보건실에서 한숨 자고 일어났더니 가뿐해요."

"또 말은 그렇게 해놓고 픽 쓰러지려고."

"정말이에요. 그리고 앞으론 정말 컨디션 신경 쓸 게요."

"또 그러면 혼나 정말. 얼마나 걱정했는데."

"죄송합니다."

"그나저나 사고 후로 기억을 잃었는데, 그 짧은 시간에 어떻게 이렇게 성적이 좋게 나온 건지. 엄마는 아직도 믿겨지지가 않아. 집에 왔는데 식탁 위에 놓여있는 성적표 보고 엄마 심장마비 걸릴 뻔 했다니까."

"무슨 그런 무서운 농담을 하세요."

"그만큼 놀랐다는 거지."

"말씀 드렸다시피 사고 이전엔 어땠는지 모르겠지만 믿기 힘들만큼 기억력이 너무 뛰어나서 공부하는 속도가 빨랐어요."

어머니의 얼굴에 근심이 서렸다.

"왜 그러세요?"

"걱정 돼서."

"좋은 일인데요 뭘."

"난 오히려 불안해 죽겠어. 엄마는 차라리 아들이 평범했으면 좋겠다고 생각해. 이렇게 확 좋아졌다가 급격히 나빠지는 건 아닌지."

"좋은 생각만 하세요. 그럼 앞으로 더 좋은 일들이 일어날테니까."

고기에 기름장을 찍어 어머니의 밥그릇 위로 올려 주었다.

어머니가 푸근한 미소를 지어 보이다가 아버지를 향해 지옥의 야차같은 표정을 지었다.

"아 고기 타잖아요! 안 올 거에요 정말? 밤 샐 거야?"

"저놈의 여편네가 증말. 아아 그래 다음에 통화하자고. 마누라가 워낙 성화라. 그래 그래! 조만간 한 잔 하자고. 그래 들어가."

아버지가 통화를 끊고 자리로 돌아왔다.

"아따 날씨 춥다. 소주 한 병 가져와봐."

"얼마 전에 간경화로 지인 한 명 떠나보낸 거, 죽상을 해서는 자기 입으로 침울하게 구구절절 얘기해놓고. 그렇게 매일 술이 입으로 들어가요?"

"시끄러. 빨리 가져와. 오늘 같이 기분 좋은 날 안 마실 수가 없지. 당신도 한 잔 하게 잔 하나 더 가져와."

"기분 좋은 날이고 뭐고 365일 마시면서 핑계는."

어머니가 투덜거리면서 소주와 잔 2개를 가져왔다.

아버지는 마치 세상을 다 가진 얼굴이었다.

"건배하자."

아버지가 손에 잔을 들었다.

어머니도 소주잔을 들었고, 정우는 콜라가 들어있는 맥주잔을 들었다.

"우리 아들의 빛나는 미래를 위하여!"

건배를 했다.

아버지는 '크으!' 하는 소리를 내며 술 맛에 감탄했고 어머니는 입을 가리며 미간을 찌푸렸다.

"병원 갔다 오셨어요?"

"또또 그 소리. 술맛 떨어지게 정말. 너도 보면 네 애미를 빼다 닮았어. 잔소리 하는 것만 봐도."

"가시라니까 왜 안 가셨어요."

"이 아버지. 아직 짱짱하다. 걱정하지 마. 대학 졸업 시키고 결혼까지 시킨 다음에 아플테니까. 걱정 붙들어 매.

그 전엔 어림도 없어."

"그게 어디 당신 마음대로 되는 일이에요."

"스읍!"

아버지가 이빨 사이로 숨을 빨아들이며 눈을 부라렸다.

"아버지, "

"알았다. 알았어. 어미나 자식이나 한 번을 안 져요. 얼른 먹어라. 귀한 고기 다 태우지 말고."

웃고 떠들며, 소박하지만 함께 식사를 할 수 있다는 것.

정우는 지금처럼 평범한 행복을 지키고 싶다고 생각했다.

REVOLUTION

정우

베가 현대 판타지 장편소설

제 3 화

체 육

제 3 화
체육

I

정우가 김주호 사건 이후로 두 번째 유명세를 떨쳤다.

성적이 발표되고 나서 정우의 석차를 확인한 한 학생의 말이 말에 말을 타고 소문이 번져 현재 대령고교는 정우 얘기로 건물이 흔들릴 정도로 떠들썩했다.

"이게 다 뭐야?"

정우가 가방을 내려놓으면서 물었다.

책상 위에는 각종 선물과 편지들이 산처럼 쌓여 있었다. 편지 내용은 대부분 응원한다는 내용들의 러브레터였다.

"그걸 왜 나한테 물어. 저기 교실 밖에 눈까리 뒤집어진 귀신들한테나 물어봐."

김주호가 비아냥거리며 말했다.

정우는 교실 밖으로 시선을 던졌다.

남녀 할 것 없이 떼거리로 몰려서 자신을 보고 있었다.

"가서 좀 치워라. 아주 시끄러워 죽겠다. 저 또라이들은 할 일이 그렇게 없나 뭐하는 거야 도대체."

정우는 책상 위에 쌓여 있는 편지와 선물을 보며 난감한 표정을 지었다.

"뭘 모르는 얼굴이야. 네 성적표 전교에 다 퍼졌어. 싸움도 잘해 공부도 잘해 운동도 잘해. 이러니저러니 아주 찬양을 해대고 난리다. 충고하는데 게이 새끼까지 출현하고 있는 마당이니까 조심해라. 엉덩이에 구멍 뚫릴 수 있으니까."

정우는 속으로 한숨 쉬었다.

인기라니.

별에 별 일이 다 생긴다 싶었다.

정우를 구경하던 아이들은 수업종이 울리고 나서야 각자 반으로 사라졌다. 정우와 같은 교실 안에 있는 여학생들은 마치 특권을 누리는 것 같은 얼굴로 정우를 훔쳐봤다.

"야 이거."

김주호가 종이를 내밀었다.

내용을 확인해보니 내일 있을 체육대회 참가표였다.

정우는 고개를 끄덕이며 축구와 농구 계주까지 전 항목을 체크 했다.

"다 하려고?"

"왜. 안 돼?"

"안 될 건 없는데. 이렇게 다 했다간 텀이 짧아서 또 저번처럼 쓰러질 걸. 멋대로 픽픽 쓰러져서 또 누구한테 민폐 끼칠까봐 그런다. 왜 꼽냐?"

"고마웠다."

"뭐가?"

"보건실에 데려가려고 했다며."

"좀 민폐냐. 관리 좀 해라. 그리고 질질 끌고 간 건 내가 아니라 보건 선생이야."

정우가 엷게 웃을 때 영어 선생이 들어왔다.

그녀는 정우를 획 째려본 뒤에 수업을 시작했다.

영어 선생은 만반의 준비를 해온 것 같았다.

발목을 돌리면서 스트레칭을 하자 바람을 타고 모래 먼지가 흩날렸다.

손을 한 차례 턴 뒤, 제자리에서 가볍게 뛰었다.

주머니에서 휴대폰을 꺼내 스톱워치 기능을 켰다.

"뭐하냐."

김주호가 바나나 우유에 빨대를 꽂아 마시며 운동장 계단에 섰다.

"기록 좀 재볼까 해서."

정우가 깍지를 낀 손을 위로 올렸다.

근육이 당기는 시원한 느낌이 난다.

"줘봐."

김주호가 계단을 내려오며 말했다.

채아의 말이 생각났다.

정우는 휴대폰을 김주호에게 던졌다.

"100미터?"

김주호가 휴대폰을 낚아채며 물었다.

정우는 고개를 끄덕였다.

"갑자기 왠 100미터 기록이야."

"내일 체육대회이기도 하고. 마침 운동장에 거리 표시도 되어 있길래."

"할 일도 없다 참."

"그럼 부탁한다."

정우는 출발선으로 걸어갔다.

하얀 선이 그어져 있는 바닥 앞에서 스타트 준비 자세를 갖췄다.

100미터 거리에 있는 김주호가 팔을 들었다.

스타트를 누르며 팔을 내리는 즉시 정우는 숨을 멈추고 지면을 박차고 뛰었다.

몸을 세우며 머리와 허리를 수직이 되도록 곧게 폈다.

바람을 가르며 뛰었다.

팔꿈치는 몸에 붙이고 무릎은 가장 이상적인 직각 형태로 올라왔다.

지면을 짧고 강하게 차며 추진력에 힘을 실었다.

어깨는 일정한 리듬으로 빠르게 흔들렸고 힘이 빠진 손은 부드럽게 흔들렸다.

정우가 전력을 다해 뛰어 표시된 선을 넘을 때, 김주호가 타임워치를 멈췄다.

"몇 초야?"

정우가 숨을 고르며 물었다.

김주호가 초를 확인하고는 괴물을 보듯 정우를 보았다.

"너 진짜 뭐야?"

정우는 타임워치를 확인했다.

10초 45.

"이건 국대 선수나 마찬가지잖아. 어떻게 이렇게 빨라. 네 이름 우사인 정우 아니냐."

"정식 규칙으로 잰 게 아니라서 별로 크게 의미 없어."

정우가 휴대폰을 받으면서 말했다.

"정식 룰 같은 소리하고 있네. 달리기가 그냥 달리기지. 우리 학교에서 기록 잴 때도 어차피 여기 모래바닥에서 하는데 무슨."

"공부는 잘 돼가?"

정우가 계단에 걸터앉으면서 물었다.

"되겠냐."

"나름 열심인 거 같던데."

"놀리냐? 근데 넌 진짜 뭐냐. 묻자. 오타쿠였던 놈이 날이 꼴로 만들지를 않나. 전교 꼴등이었으면서 방학 사이에 모의고사로 전국 상위권에 들어가고. 농구공을 럭비공처럼 들고 다니던 게 덩크슛에. 반전의 연속도 한 두 번이잖아."

정우가 바닥에 손을 집고 하늘을 올려다보며 웃었다.

"나도 모르겠다. 내가 뭔지."

"그런 식으로 얼렁뚱땅 넘어가지 말고. 얘기해 봐. 그동안 네 정체를 숨겨야만 했던 이유가 뭐냐. 혹시 무슨 스파이더 맨처럼 거미한테라도 물렸어? 뭐 특별한 능력이 생긴 거 아니야? 마블 영화처럼."

김주호는 의외로 애같은 구석이 있다.

꼭 어딘가부터 성장이 멈추어 버린 것처럼.

"너도 한 번 달려 봐."

정우의 말에 김주호가 코웃음을 쳤다.

"이 꼴로 무슨."

"재밌을 텐데. 망아지처럼 절뚝거리면서 뛰면."

"이 새끼가 진짜."

"다 나으려면 얼마나 걸린데?"

"몰라. 이 지긋지긋한 고삼 끝나기 전엔 낫겠지. 왜 미안하냐?"

"난 사람에게 해를 입히는 벌레를 죽여도 죄책감 같은 건 느끼지 않거든."

김주호가 쓴웃음을 지었다.

정우가 말을 이었다.

"벌레였었지. 그것도 지독한 냄새가 나는 벌레."

"그만 좀 하시지."

"근데 솔직히 좀 놀랐다."

"뭐가?"

"네가 내게 놀라듯이. 나도 놀랐다고."

"좀 더 자세하게 얘기해봐. 앞뒤 없이 얘기하니까 못 알아 먹겠잖아."

김주호가 기대감이 서린 얼굴로 말했다.

"자기 자신의 껍질을 버릴 수 있는 용기. 말은 안했지만 대단하다고 생각한다. 뭐 결정적으로 누구의 말이 한 몫

하긴 했지만."

김주호의 눈이 가늘어 지면서 입가에 웃음이 번졌다.

"그러니까 멋있다 이 말이잖아. 스스로를 버리면서 새
로운 변화를 위해 희생을 치루며 진정한 자신을 마주하면
서 한계를 돌파하며 진짜 목표를 향해 전진하는 것. 어? 그
러니까 감탄했다 이거잖아?"

"뭘 감탄씩이나. 인간이라면 당연히 그래야만 하는 거
지. 초등학생들도 아는 걸 네가 너무 늦게 깨달은 거야. 창
피하게 좀 생각해라."

"꼭 잘나가다가 브레이크를 건다니까."

김주호가 혀를 차며 일어났다.

"시간 재. 달린다. 후우…."

"뭐하러? 위험할텐데."

"뛰라고 할 땐 언제고 이제 와서 그딴 소리야. 미친 짓이
곧 청춘. 그게 한 때, 자유라고 믿었던 세계에서 내가 가슴
에 새겼던 말이다."

"놀구있네."

김주호가 정우를 돌아보며 주먹을 떨었다.

"아오 진짜 저거 싸움만 못 했어도."

"입 다물고 가서 준비나 해."

정우가 타임워치를 실행시키고 일어났다.

김주호가 저 멀리 스타트 라인에 섰다.

팔을 들었다.

김주호가 한 쪽 팔로 땅을 짚으며 엉덩이를 들었다.

힘차게 팔을 내리며 타임워치에 스타트 버튼을 눌렀다.

김주호가 어금니를 꽉 물고 뛰었다.

50미터 가량을 지날 때, 타임워치가 5초30을 가리켰다.

정우는 놀란 눈으로 고개를 들었다.

빠르다.

어깨에 힘만 들어가도 통증이 솟구친다고 들었다.

더군다나 발목이 흔들리고 있다.

목발을 뗀지 얼마 되지 않은 다리다.

김주호가 전력으로 질주하다가 발이 뒤로 빠지면서 몸이 앞으로 넘어갔다.

바닥에 쓰러지면서 몸을 굴린 김주호가 신음을 흘렸다.

정우는 고통스러워 하는 김주호를 보며 움직이지 않았다.

타임워치 시간은 멈추지 않았다.

정우는 기다렸다.

얼굴을 꽉 찌푸리며 일어나려던 김주호가 어깨를 붙잡고 무릎을 꿇었다.

"뛰어!"

정우가 커다랗게 소리쳤다.

김주호가 정우를 노려보았다.

그는 부서질 정도로 강하게 이를 깨물며 다시 뛰기 시작했다.

인생에는 빛나는 순간이 있다.

그 짧은 순간.

여러 가지의 힘을 가진 그 빛은.

때론 거대한 힘으로 인간을 진화시키곤 한다.

찰칵.

김주호가 라인을 넘어갈 때, 타임워치를 스탑시켰다.

1분 57초.

라인을 넘자마자 김주호가 바닥에 쓰러져 어깨를 잡고 숨을 몰아쉬었다.

"미친 새끼. 그 상황에 구급차 부를 생각은 안 하고 달리라고 하냐. 죽겠네 정말."

김주호가 얼굴을 잔뜩 찌푸리며 고통스러운 얼굴로 말했다.

"미친 건 네 쪽이야. 왜 웃어."

"몇 초냐 나."

"1분 57초.

"근 2분이네."

김주호가 넘어갈듯이 숨을 쉬어댔다.

"어때?"

정우가 물었다.

"어떠냐니 뭐가?"

"다시 달린 기분."

"어떻긴. 죽을 것 같지."

"가능하면 잊지 마. 오늘의 타임워치. 의심하지도 말
고."

"뭔 헛소리야 알아듣게 얘기해."

"타임워치는 언젠가 멈추겠지만. 그 시간 안에 빠르고
느리고는 없어. 네가 어떠한 삶을 살아왔든, 얼마나 고통
스러웠든 간에 중요한 건 다시 달릴 수 있느냐다."

누워 있던 김주호의 눈에 물기가 고였다.

"넘어졌다고 해서 끝났다고 생각하지 마. 언제든, 다시
달리면 그만이니까. 달릴 수 없다고 멋대로 한계를 정해버
리고 주변사람을 탓하던 네가. 네 자신을 버리고 다시 달
리기 시작했잖아. 그러니까 의심하지 마라. 전처럼 멋대로
지쳐버려선 달릴 수 없다고 포기하지 말고."

"놀구있네."

김주호가 흘러내리는 눈물을 닦았다.

"넌 멋지게 달릴 수 있을 지도 몰라. 아마도."

정우가 손을 내밀었다.

김주호는 정우의 손을 잡고 일어나, 숨을 크게 밀어냈다.

차가운 하늘을 비추는 태양이 운동장을 붉게 비추고 있었다.

김주호는 태양처럼 붉어진 눈으로 하늘을 보았다.

"내일 보자."

운동장을 벗어나 교문으로 내려가려던 정우는 운동장을 돌아보았다.

김주호는 여전히 그 자리에 서 있었다.

◇◇◇

정우는 집에 도착하자마자 체육복으로 갈아입고 집을 나섰다. 늘 달리는 코스로 향했다. 가볍게 뛰면서 서서히 속도를 올렸다.

슬슬 초저녁에 가까워지는 데도 날씨가 여전히 따듯하다.

시원한 공기를 들이마시고 편안한 자세로 리듬을 맞추면서 뛰었다.

"저 사람 되게 분위기 있다. 완전 훈남이야."

"자기 관리하는 남자는 역시 멋져."

정우는 자신을 가리키며 나누는 여자들의 대화를 스쳐 들으며 속으로 웃었다. 헤어스타일이 변하고 옷도 바뀌었지만 얼굴을 정확히 기억하고 있다.

그녀들은 기억을 잃은 뒤, 처음으로 운동을 시작했을 때 벤치에서 볼품없는 외형에 비웃음을 던졌던 사람들이었다. 그 때 그들이 비웃었던 사람이 지금의 정우라는 걸, 그녀들은 꿈에도 모르는 얼굴들이었다.

오타쿠라는 별명으로 학교에서는 투명인간 취급을 받았다. 성적은 전교 꼴등이었으며, 싸움이라고는 할 줄도 몰랐던 그래서 늘 부모님의 속을 끓였던 자신이 지금은 전혀 다른 사람이 되었다.

기억을 잃으면서 과거의 자신은 죽은 것일까?

기억이 돌아오지 않는다면 그것은 죽은 것이나 마찬가지이지 않을까.

새로운 생명으로 다시 태어난 것이나 마찬가지다.

어떠한 기억도, 추억도 없다.

지난 시간의 과거를 영영 잃어버리고 살게 된 다면.

정우는 고개를 흔들었다.

돌아올 거다.

과거의 기억을 품고, 지금의 자신을 지킬 수 있다면.

진정한 자신으로 돌아올 수 있다.

그 땐 지금의 변화를 신의 선물이라 받아들일 수 있을 것 같다.

정우는 희망을 품으며 매일같이 달리던 코스를 완주하고 집으로 돌아왔다.

샤워를 마친 뒤, 컴퓨터를 켰다.

학교에서 집으로 올 때부터 내일 있을 체육대회를 준비해서 각 종목을 좀 알아보기로 계획 했었다.

운동에 대한 기억이라곤 체육 시간, 농구를 했던 게 전부다.

체육 시간에 농구를 하기 전에도 농구를 한 기억은 없었다. 그 때, 이유 모를 자신감이 온 몸에 아드레날린처럼 퍼졌었다. 그리고 몸은 예상대로 자유자재로 움직였다.

마치 날개라도 달린 것처럼.

남의 얘기라면 절대로 못 믿을 일이다.

스스로도 믿기가 힘들 전투력과 암기력에 이어 운동신경까지 확인했다.

의사가 보여주었던 사진이 기억난다.

머릿속에 뚫려버린 구멍이, 잠재 능력을 끌어올리는 것일까.

게다가 전혀 관련이 없을 것 같은 기억과 꿈은 가끔씩이지만 계속되고 있다.

그 기억과 꿈은 연결되어 있는 것 같다.

오랫동안 신경을 혹사시켜서인지 머리가 찌릿하다.

정우는 머리를 흔들며 인터넷을 켰다.

룰과 규칙은 모두 알고 있다.

다만 테크닉과 전략을 파악한다면 능력을 좀 더 끌어올

릴 수 있을 것 같다고 생각했다.

정우는 전 세계에서 각 분야에서 가장 유명한 선수를 찾아보기로 했다.

농구와 축구에는 천재성을 드러내는 선수들이 여럿 있었다.

검색을 위해 웹사이트에 들어갔다.

그동안 운동과 공부에만 매진해서 스포츠 관련으로는 다소 무지했다.

축구에 대해 먼저 알아봤는데 21세기를 대표하는 유명한 양대 선수로는 호날두와 메시가 독보적으로 보였다.

레전드라 불리 우는 레알 마드리드와 바르셀로나.

그들은 그 팀을 대표하는 얼굴들이었다.

정우는 편집된 영상을 보고 감탄을 금치 못했다.

보는 순간 천재라고 밖에 느낄 수 없는 움직임에 정우는 시선을 뗄 수 없었다.

테크닉의 극치를 보여주는 호날두의 발재간과 완벽하리만큼 벨런스를 갖춘 모습은 보는 것만으로도 압도당할 정도였다.

화려한 호날두의 영상과 마치 공과 한 몸이 된 것 같은, 온 몸이 축구 감각으로 이루어져 있는 메시의 유령같은 영상을 보면서 정우는 내일 있을 체육대회가 기대 되었다.

재미있을 것 같았다.

선의의 경쟁.

땀의 가치를 온 몸으로 느낄 수 있다.

비록 학생들의 체육대회일 뿐이지만, 정우는 진정한 가치는 임하는 자세에 달려 있다고 생각했다.

최선을 다하기 위해 축구에 대해 본격적으로 파고들었다.

전략에 대해 공부했고, 축구의 테크닉과 전략을 공부했다. 이후 축구 시장의 흐름과 축구의 역사. 그리고 한참 뜨거운 열기로 챔피언스 리그를 앞둔 두 구단에 대한 수많은 이야기를 읽으면서 시간 가는 줄을 몰랐던 탓에 시계 바늘은 어느새 새벽 1시를 가리키고 있었다.

봐도 봐도 끝이 없는 세계라, 아쉬움이 묻어났지만 다음을 기약하고 농구에 대해서 알아봤다.

역사적으로 가장 유명한 농구선수는 두 말 할 것 없이 마이클 조던이었다.

축구와 마찬가지로 농구의 규칙과 역사에 대해 알아본 뒤, 마이클 조던의 영상을 튼 정우는 충격에 빠졌다.

마치 마르지 않는 바다처럼, 세상은 무한한 감동의 영역을 품고 있다.

정우는 눈을 빛내며 영상을 감상했다.

마이클 조던의 경기력은 실로 경이로웠다.

블로킹을 뚫는 덩크슛.

큰 키임에도 불구하고 양 손을 자유자재로 쓰며 순식간에 링 안 쪽으로 파고드는 드리블.

마치 무릎에는 스프링이라도 달린 것만 같았다.

그는 날개를 단 것만 같았다.

그의 점프에서는 슈퍼스타의 아우라가 쏟아졌다.

전성기 시절 유니폼에 새겨져 있는 23번이라는 넘버는 마이클 조던의 등에서 빛을 쏟아 냈다.

인간의 몸으로 세상을 날 수 있는 사람이 존재한다면 그것은 바로 마이클 조던, 그일 것 같은 착각마저 들었다.

전설들의 경기를 보니 몸이 근질 근질 거렸다.

하루 빨리, 스포츠로 온 몸의 피가 뜨겁게 휘돌았으면 했다.

기대감에 오늘은 잠이 쉽게 오지 않을 것 같았다.

눈이 떠졌다.

좀 더 눈을 붙여볼까 했지만 머릿속이 또렷하다.

상체를 일으키면서 이불을 걷어 냈다.

스스로 깨서 그런지 몸도 가볍다.

커텐을 치자 환한 햇빛이 방 안을 비췄다.

선수 동영상을 보느라 새벽 3시가 넘어서 잠들었지만 몸은 의외로 가뿐 했다.

며칠 간 공부를 놓고 컨디션 회복을 위해 휴식을 취한 게 효과적이었던 건가.

뒷목을 누르며 거실로 나왔다.

집은 비어 있었다.

아버지는 새벽 일찍 일을 나서셨고 어머니는 휴일을 맞아 외가에 갈 일이 있어 이른 아침 집을 나섰다.

아무도 없는 집 안에서 정우는 편안하게 상의를 벗고, 물을 한 컵 가득 마셨다.

빈 속에 물이 들어가자 몸속으로 물이 스며드는 감각이 생생하게 느껴졌다.

식탁 위에는 아침이 차려져 있었다.

샤워와 식사를 마치고 학교로 향했다.

버스를 타고 가면서 눈을 감고 새벽에 보았던 영상을 떠올렸다. 그들의 현란하고 완벽한 균형을 갖춘 모습이 생생하게 기억난다.

늘 느끼는 거지만 스스로도 감탄할 만큼 뛰어난 기억력이다.

심장이 두근거렸다.

아직 자신이 모르는 세계가 수를 헤아릴 수 없을 만큼 숨어 있을 것이다.

찾아내는 기쁨은 늘 가슴을 가득 채운다.

버스에서 내린 정우는 가벼운 걸음으로 학교를 올라갔

다.

◇◇◇

"쟤 왜 저러냐?"

"누구? 체육 부장?"

"그래. 입에 호각 물고 계속 멍 때리고 있잖아."

"요즘 계속 저래."

"계속?"

"몰라 뭔 일 있나보지."

"근데 김주호는 왜 안 와?"

"똥 싸는 거 아니야?"

"추워 죽겠는데 빨리 좀 오지."

"깍두기 저거 운동장 한 가운데서 졸고 있는 거 같은데."

"설마 이 날씨에."

"설마는 무슨. 저 몸에 근육 좀 봐라. 추위가 파고들 틈이 없을 걸. 뇌까지 근육으로 가득차 있을 거야 저 인간은."

학생들이 추위에 떨며 짜증 가득한 얼굴로 투덜거리던 중 운동장에 김주호 모습을 드러냈다.

김주호가 나타나자마자 학생들은 입을 다물었다.

아무리 갱생의 시간을 거치고 있다고는 하나 악마는 악마다.

잘못 건드렸다간 갱생이고 뭐고 지옥이 될 수도 있다.

김주호의 뒷담화를 하던 학생들은 멀찍이 떨어져 있는 정우를 보았다.

혼자서 계단에 앉아 책을 보고 있다.

물론 정우에 대한 믿음이 있어 예전만큼 무섭진 않지만 그렇다고 안심할 수는 없다.

정우는 그야말로 안전벨트.

과속으로 사고가 났을 때, 안전벨트를 했다고 무조건 살아남는 법이란 없다.

중상을 당할 수도 있고, 심하면 죽을 수도 있다.

더군다나 상대는 차로 치면 외제차다.

기스만 나도 서민은 숨이 넘어간다.

학생들은 김주호와 교통사고 나는 일이 없도록 몸을 사렸다.

김주호가 반쯤 정신을 놓고 있는 체육 부장을 불러 깨웠다. 체육 부장이 퍼뜩 정신을 차리고 휘슬을 불었다.

오늘은 체육대회가 있는 날이었다.

체육대회 축구 예선 첫 경기는 3-7반과의 경기로 잡혔다.

후보들은 계단 위에 앉아 있었고, 선발 선수들은 각 골대를 두고 위치에 섰다.

피구를 하지 않는 여학생들 대부분은 운동장 단상과 계단에서 옹기종기 모여 구경했다.

날씨가 많이 풀렸다.

운동을 하기에도 좋은 날씨다.

정우는 좌측 날개 쪽에 자리를 잡았다.

LF 라는 포지션이지만 사실 일반적인 고등학교 축구에서 별로 포지션의 개념은 필요 없었다.

동네 축구나 다름없다.

자신도 모르게 공이 있는 쪽으로 몰려가면서 위치가 모두 뭉개지기 때문이다.

꾸준히 운동을 했다.

역량이 어느 정도인지 확인해보고 싶다.

정우는 감각을 끌어올렸다.

예선전은 전반 10분. 후반 10분.

"패스 잘해라."

김주호가 정우 앞을 지나며 말했다.

"넘어져서 울지나 마라."

체육 부장이 휘슬을 불었다.

게임이 시작되었다.

3-1반이 먼저 킥오프를 했다.

학생이 정우에게 곧장 공을 찔러 주고 앞으로 뛰어갔다.

정우는 공을 받으면서 영상의 기억을 떠올렸다. 눈앞으로 호날두와 메시가 스쳐 지나갔다.

정우는 공을 치고 달렸다.

수비수가 정우를 향해 달려오다가 속도를 늦추며 거리를 좁혀왔다.

살이 투실투실 오른 게 전혀 운동신경이 없어 보인다.

정우는 백 숏으로 가볍게 재치고 골대를 향해 질주했다.

수비가 단숨에 뚫리자 3명이 일제히 정우에게 뛰어왔다.

정우의 몸이 그림자처럼 흔들렸다.

첫 번째 수비를 바디 페인팅으로 재끼고 두 번째 수비는 마르세유 턴으로 공을 타고 몸이 회전하며 수비 등 뒤로 돌아갔다.

2명을 재끼자 마지막 수비가 과감하게 몸을 들이대며 다리를 뻗어왔다.

정우의 양 발이 공을 감싸며 머리 위로 뛰어 올렸다.

레인보우.

사포라고도 불리우는 기술로 공을 넘길 때 수비는 발을 헛디디며 중심을 잃고 바닥에 엉덩방아를 찧었다.

골문이 비었다.

공을 최대한 발에 떨어트리지 않도록 신경 쓰며 최대한의 속도로 골기퍼를 향해 질주했다.

골키퍼가 정우를 보며 침을 꿀꺽 삼켰다.

정우가 슛을 하기 위해 다리를 들었다.

골키퍼가 긴장할 때, 공이 폭발적인 힘으로 쏘아져 나갔다.

축구공이 그림처럼 골망을 흔들었다.

골키퍼가 막을 수 없는 각도의 강하고 정교한 슛이었다.

쾌감이 온 몸 속에 구석구석 퍼져 나갔다.

정우는 주먹을 가볍게 움켜쥐어 들며 골대에 등을 돌렸다.

7반 학생들이 제자리에 서서 멍한 눈으로 정우를 보고 있었다.

여학생들은 단상 위에서 반한 얼굴로 소리를 빽빽 질렀고 1반 같은 편 학생들은 정우에게 극찬을 쏟아 부었다.

"정우 축구 진짜 잘하네. 호날두인 줄 알았어."

"난 메시 같던데."

"정우 덕분에 올해 체육대회는 게임 끝난 것 같은데?"

"개인기 장난 아니었어. 볼 컨트롤은 전성기 지단 급이었어."

"프로라고 해도 믿겠다."

정우에 대한 끊이지 않는 극찬을 보며 김주호가 코웃음

을 쳤다.

"내가 어깨에 깁스만 안 했어도, 저 정도는 비교도 안 되게……."

김주호의 허세를 보고 학생들이 뱀눈을 하며 각자의 위치로 돌아갔다.

"이것들이 죽을라고. 나 무시하냐? 어?! 내가 진짜 축구가 뭔지 제대로 보여 줄테니까 공 확실하게 넘겨."

독불장군처럼 소리를 지르는 김주호를 보며 정우는 피식 웃었다.

골을 넣었기 때문에 7반이 먼저 공을 가져갔다.

"위치 지켜!"

김주호가 의욕적으로 움직이며 소리 쳤다.

아이들은 흘려들으면서 제멋대로 공을 쫓았다.

"아우 답답한 새끼들 저거."

김주호가 얼굴을 찌푸렸다.

우측 날개 쪽에 공을 두고 사람이 몰려 있었다.

흙먼지를 날리며 한 곳에서 탁구를 치듯이 공을 뺏고 뺏겼다. 실로 엉망진창이다. 보다못한 김주호가 몰려있는 학생들에게 달려갔다.

그 때, 7반 학생 하나가 빈틈을 뚫고 꽤 빠른 속도로 정우의 1반 골대로 치고 달렸다. 라인 좌측 바깥에 위치해있던 정우가 수비를 위해 골대 안 쪽으로 전속력으로 뛰었다.

공을 차며 달려오는 공격수를 향해 정우가 슬라이딩으로 미끄러지며 공을 걷어 냈다. 공에 발이 걸린 공격수가 바닥을 뒹굴었다.

정우가 공을 잡으며 일어날 때, 김주호가 앞으로 달려가며 팔을 번쩍 들었다.

체육 대회다.

심판이 없는 경기라 업 사이드가 없다.

정우가 김주호를 향해 공을 정교하게 차올렸다.

공이 하늘을 날아 김주호의 머리 앞으로 떨어져 내렸다.

공을 잡은 김주호가 뺨을 부풀리며 뛰었다.

수비는 제로.

골키퍼 밖에 남아 있지 않다.

김주호가 골대 앞으로 치달리며 키퍼에게 막으면 죽일 것 같은 눈빛을 쏘아 보냈다. 골키퍼는 기죽은 얼굴로 팔을 내렸다.

김주호가 강하게 슈팅을 때렸다.

발등에 빗겨 맞은 공이 골대와 한참 떨어진 곳으로 굴러 갔다.

김주호는 숨을 몰아쉬며 망연자실한 눈빛으로 엉뚱한 곳을 향해 굴러가는 공을 원망하듯 바라보았다.

정우를 제외하고 아무도 웃지 않았다.

◇◇◇

정우의 활약은 실로 경이로운 수준을 기록했다.

거의 쉬지 않고 축구와 농구 경기를 번갈아 뛰어 두 종목 모두 결정적인 역할로 우승을 이끌어냈다.

축구는 17골로 최다득점을 기록했고, 농구는 무려 개인 127점을 기록했다.

줄다리기를 끝내고, 체육대회의 꽃이자 마지막 종목인 400m 계주 결승을 앞두고 정우는 김주호의 말대로 확실히 체력적인 한계를 느끼고 있었다.

한 경기 한 경기 전력을 쏟아 부은 탓에 몸이 천근만근이었다.

"할 수 있겠냐. 서 있기도 힘들어 보이는데."

정우는 마지막 주자로 예정 되어 있었다.

"올림픽도 아니고 뭘 그리 열심히 해."

"살아 있으니까."

계주 시작을 알렸다.

호흡을 고르며 마지막 계주를 달리기 위해 라인으로 향하는 정우의 뒷모습을 보며 김주호는 눈매를 찌푸렸다.

"하여튼 저 자식이랑은 얘기만 하면 기분 잡친다니

120

까."

김주호는 계주가 좀 더 잘 보일만한 장소로 걸음을 옮겼다.

타앙!

공포탄이 발사되면서 계주가 시작 되었다.

첫 번째 주자 다섯 명이 일제히 뛰기 시작했다.

귀가 아플 정도로 뜨거운 응원이 쏟아져 나왔다.

3-1반의 첫 주자가 발을 헛디디면서 스타트가 늦었다. 1반 학생들의 탄식이 흘러 나왔다. 거리가 벌어지기 시작했다.

200m를 지날 때, 정우는 바톤을 받을 준비를 위해 라인에 섰다.

결승이 코앞으로 다다르자 학교가 흔들릴 정도로 학생들의 응원이 더 거세졌다.

정우가 바톤을 받았다.

현재 등수는 3등.

정우가 뛰기 시작했다.

가속도가 붙으면서 1명을 재끼고 결승선을 향했다. 꽤 벌어져 있다고 생각했던 거리가 순식간에 좁혀졌다. 1반 학생들이 주먹을 꽉 쥐며 흥분한 얼굴로 응원의 함성을 질렀다.

현재 1등으로 달리고 있는 3-4반 선수와 정우의 거리는 약 1m.

라스트 스퍼트.

4반 선수를 앞지르며 결승선을 통과했다.

정우와 같은 반인 1반 학생들이 양 팔을 치켜들며 환희에 젖은 소리를 질렀다.

전 종목 우승이었다.

◇◇◇

"제안은 감사드리지만 죄송합니다. 뜻이 바뀌면 다시 찾아오겠습니다."

정우는 정중하게 거절하고 학교 내에 있는 야구장을 나왔다.

체육대회가 끝난 다음 날, 대령고교 내에 있는 모든 체육부에서 테스트를 해보자고 찾아왔다.

생각이 없다고 하자 대부분의 부서에서 테스트도 필요 없다며 이제 고3이라 시간이 없다 체육부는 시간이 생명이다. 시기를 놓치면 끝이다 등등 수많은 설득으로 입부 절차를 밟으라고 강요에 가까운 요구를 해왔다.

거절하는 데만 하루를 다 보낸 것 같다.

아직은 공부를 좀 더 하고 싶었고, 정말로 하고 싶은 게 뭔지. 재능이 있다고 해서 꿈이 무엇인지 찾기 전까지는 성급한 결정을 하고 싶지는 않았다.

점심시간.

교실로 돌아가는 동안 지나가는 여학생들이 정우를 보며 소근 거렸다. 몇몇 여학생은 정우 앞으로 친구를 떠밀기도 했고, 편지를 주고 가기도 했다.

돌려주기도 전에 도망가 버리고 만다.

교실로 돌아온 정우는 개인 사물함을 열었다.

여학생들의 선물들로 가득 차 있다.

버리기엔 마음에 걸리고 돌려주려고 해도 주인을 찾기도 힘들뿐더러 이름이 적혀있다고는 해도 한 두명이 아니라 처치 곤란이었다.

교실로 오면서 받은 편지를 사물함에 넣고 문을 닫았다. 이제 더 이상은 들어갈 공간도 남아있지 않았다.

"인기 짱인데. 모르는 사람이 보면 아이돌인 줄 알겠어."

김주호가 놀리듯이 말했다.

"개발도 말할 줄 아나?"

"누가 개발이야. 야 내가 얘기했지? 그거 어깨 때문이라니까? 중심을 못 잡잖아 중심을!"

정우는 침을 튀기며 변명하는 김주호를 가볍게 무시하며 가방을 챙겨 교실을 나왔다.

교문으로 향하던 정우는 운동장을 보고 잠깐 멈추어 섰

다.

　김주호와 함께 달렸고, 체육대회를 치른 모래 바닥 위 운동장이 눈에 들어온다.

　정우는 한참동안 비어있는 운동장을 오랫동안 바라 보았다.

REVOLUTION

정우

베가 현대 판타지 장편소설

제 4 화

인혁

제 4 화
인혁

I

"…해서 다들 고생 많으셨습니다. 학생들을 위해 교직
원들을 위해 우리 대령고교를 위해 건배!"

쓸데 없이 거창하고 요란한 건배에 다들 가식적인 표정
을 내보이며 잔을 들었다. 참석하고 싶지 않았지만 첫 학
기가 시작되는 만큼 절대 회식에 빠지지 말라는 교감 때문
에 차마 자리를 뺄 수 가 없었다.

무슨 교감 선생님이 교무실 회식에 저렇게 적극적으로
참석해.

게다가 얼마전 정우와 김주호라는 학생이 사고를 친 이

어수선한 시기에 교무실 회식이라니.

가볍다 정말.

채아는 교감이 속으로 참 안이고 밖이고 철없는 사람이라고 생각했다.

술이 들어가기 시작하고 여기저기 시끄러워지기 시작했다.

얘기의 중심에 있는 건 단연 올해부터 수학을 맡게 된 정나연이라는 여자였다.

신경 쓰지 않으려고 해도 은근히 부아가 치민다.

나이에 밀려 뒷전이 된 기분이랄까.

유부남 아저씨들 앞에서 아무래도 상관없는 일이지만 나이를 먹었다는 사실을 실감하게 되는 건 어쩔 수가 없다.

스물 다섯의 저 딸 같은 아이 앞에서 모두 벌써부터 얼큰하게 취한 것 같은 얼굴로 웃고 있다.

저러고 싶을까.

그러고 보면 눈웃음을 살살 치고 있는 저 여자도 참 대단하다는 생각이 든다. 아직 어린데도 사회생활을 어째서인지 자신보다 훨씬 잘하는 것 같다.

소위 말하는 외향적인 성격의 대표적인 예일까?

나랑은 정반대네.

왠지 조금 위축이 된다.

어깨도 처지는 것 같고 얼굴도 절로 숙여지는 것만 같다.

"채아씨는 어쩜 변하지를 않아. 처음 봤을 때처럼 이렇게 계속 예쁘잖아."

술자리 중간에 진아가 술잔을 들고 옆에 앉으며 말했다.

그녀는 물리 과목을 담당하고 있는 40세 주부다. 항상 자신에게 친해지려고 노력하는 것 같기는 한데 이유는 알 수 없지만 왠지 모르게 불편했다.

"보통 서른이 넘기 시작하면 눈가에 주름도 생기고 피부도 처지는데 어쩜 이렇게 예쁘고 피부도 애기 같을까."

그녀가 취기에 오른 벌건 얼굴로 빙글거리며 말했다.

"감사합니다. 이번에 제주도 다녀오셨다면서요? 좋으셨겠어요."

진아가 입을 가리며 웃었다.

"응응. 제주SH호텔에 갔다 왔는데 정말 좋아. 자기도 남자 친구 생기면 꼭 한 번 가봐. 영화 한 편 찍고 온 기분이라니까. 자기는 이렇게 예쁜데 왜 남자 친구가 없어? 눈이 너무 높은 거 아냐? 적당히 괜찮다 싶으면 잡아. 너무 늦어지면 아무리 채아씨라도 힘들어진다니깐. 여자의 외모는 시들기 시작하면 걷잡을 수 없으니까."

그렇게 말하지 않아도 충분히 잘 알고 있다고.

놀리는 거야 뭐야.

어깨가 아래로 떨어졌다.

왠지 올해들어 더 예민해진 것 같다.

늘 들었던 말임에도 불구하고 이럴 때면 좀처럼 감정이
솟구치는 건 어쩔 수가 없다.

"아 참 그 얘기 들었어?"

진아가 골뱅이를 먹으면서 물었다.

"무슨 얘기요?"

"체육 부장 말이야."

"아니요. 못 들었어요."

"이번에 이혼했대."

진아가 입가에 묻은 양념을 휴지로 닦으며 말했다.

"아 정말요?"

구석에 앉아있는 체육 부장을 흘깃 보았다.

짧게 자른 스포츠 머리 넓은 어깨.

아저씨 같은 외모다.

넋이 나가 있는 표정이었다.

주변 사람들이 말을 걸어도 연신 말을 흘려버리기 일수
였다.

헤어진 부인을 생각하는 걸까.

"채아씨. 미안한데 자리 좀 바꿔주라. 김선생이랑 할 말
이 좀 있어서. 미안."

"아 네."

국어 선생이 앉아있던 자리는 체육 부장의 옆자리였다.

채아는 어쩔 수 없이 핸드백과 외투를 들고 체육 부장 옆으로 이동했다.

그녀가 옆에 앉자 체육 부장은 살짝 놀라는 얼굴로 채아를 보았다.

"자리를 좀 바꿔 달래서요."

괜히 민망해서 그렇게 얘기했다.

"진아씨한테 얘기 들으셨죠? 저 이혼 했다고."

체육 부장이 그늘진 얼굴로 말했다.

채아는 속이 뜨끔했다.

어떻게 알았지 귀신이네.

"본의 아니게. 죄송해요."

"채아씨가 죄송할 일은 아니죠."

체육 부장이 슬퍼 보이는 얼굴로 웃었다.

"시간이 지나면 좀 괜찮아지실 거에요."

"채아 씨의 말은 위로가 되네요. 고마워요."

"힘이 됐다니 다행이네요."

채아가 어깨를 으쓱이며 웃었다.

"채아씨는 따라다니는 남자 많죠? 뭐 미인이니까."

체육 부장이 소주를 마시며 말했다.

채아는 고개를 저었다.

"아니요. 없어요 그런 거."

"용기 없는 남자들이 많아서 의외로 미인들에게는 다가가는 남자가 없다던데. 정말인가보네."

체육 부장이 웃으며 말했다.

채아는 조용히 웃었다.

시계를 확인했다.

조금 이르긴 하지만 먼저 빠져볼까.

눈치를 보던 채아는 속으로 괜찮을 것 같다고 생각했다.

새로 들어온 저 여우가 워낙 스포트라이트를 받는 바람에 이쪽에 여유가 생겼다.

하여튼 남자들이란. 하고 왠지 자신도 모르게 패배감이 몰드는 자격지심에 잠기며 나갈 준비를 했다.

"체육 부장님. 저 먼저 가볼게요. 혹시 저 찾으면 개인적인 일이 있어서 먼저 갔다고 해주세요."

"제가 데려다 드릴게요. 차 수리 맡기셔서 대리도 못 부르실텐데."

채아가 눈썹을 살짝 들어올렸다.

"어? 그걸 어떻게 아세요? 아무한테도 얘기한 적이 없는데."

"아…. 그 주차할 때 매일 보이던 서선생님 차가 안 보이길래. 넘겨짚은 거죠 뭐."

"그렇구나…… 아! 그리고 안 데려다주셔도 돼요. 택시 타면 금방 가니까요. 게다가 술도 드셨잖아요."

"아차…… 조금 마셨다는 걸 깜빡했네. 취하진 않았어도 혹시 모르니까. 하하하."

체육부장이 호탕하게 웃었다.

"그럼 먼저…."

"네 들어가세요."

채아가 고개를 꾸벅 숙여 보이고 일어났다.

"어라? 채아씨 벌써 가는 거야?"

몰래 빠져나가려는 걸 진아씨가 불렀다.

모두의 시선이 채아에게로 향했다.

"네. 급한 일이 생겨서. 죄송해요. 먼저 들어가볼게요."

"그냥 같이 있기 싫은거지 급한 일은 무슨. 그러지 말고 좀 있다가 가. 왜 그래 사람이?"

교감이 부루퉁한 얼굴로 입술을 내밀었다. 그러면서 다리를 쳐다보고 있다. 정말 죽이고 싶은 인간이다.

"죄송해요. 정말 집에 급한 일이 있어서. 죄송합니다."

채아는 다시 인사한 뒤에 도망치듯이 얼른 자리를 빠져나왔다.

밖으로 나와 차가운 공기를 좀 마시자 살 것 같았다.

"으, 추워."

손에 들고 있던 하얀 털이 북실북실한 외투를 얼른 입었다. 택시를 기다리면서 팔짱을 끼고 발을 동동 굴렸다. 토요일이라 그런지 택시가 잘 잡히질 않았다.

"서 선생님!"

뒤를 돌아보자 꽤 떨어져 있는 가게 앞에서 체육 부장이 불렀다.

"택시 안 잡히시죠? 제가 대리 잡을 테니까 데려다 드릴게요!"

목청도 좋다.

동네 사람들 다 듣겠네.

괜찮다는데 왜 저래 정말.

부담스러워 죽겠네.

체육 부장이 손에 들고 있던 담배를 버리면서 다가왔다.

불편함이 극에 치달을 때, 때마침 택시가 왔다.

럭키.

있는 힘껏 손을 흔들었다.

택시가 섰다.

채아는 인사를 생략하고 택시에 올라타면서 주소를 말했다.

택시가 출발했다.

백미러를 보자 체육 부장이 손을 흔들고 있었다.

채아는 한숨을 쉬며 의자에 몸을 깊숙이 묻었다.

띠링

문자 소리를 듣고 휴대폰을 열어 보았다.

- 저 체육 부장 정인혁 입니다. 오늘 얘기 들어주셔서

감사했어요. 조심히 들어가세요.

내 번호는 어떻게 안 거야?

아냐. 너무 오바하지 말자.

난 사회성이 심각하게 결여된 사람이 아닐까?

왜 이렇게 사람들과 어울리는 게 불편한 거지.

현실이란 싫다고 해서 모두 거부할 수만은 없는 일.

채아는 힘없이 답장을 보냈다.

– 네. 인혁 씨도 조심히 들어가세요.

띠링

문자를 보내자마자 또 다시 답장이 왔다.

확인하지 않고 휴대폰을 백 안에 넣었다.

1월 1일에 작년과는 비교도 안 되게 멋지게 살 거라고 다짐했었는데. 벌써 무너지는 기분이다. 집에 가서 얼른 샤워하고 사과 주스를 먹고 싶었다.

휴식이 필요했다.

내일까지는 어느 누구에게도 방해받지 않고 혼자서 휴일을 보내고 싶었다.

띠링 띠링!

문자 소리가 계속 났다.

채아는 귀를 막다가 전화라도 오기 전에 휴대폰을 꺼내 베터리를 분리 했다.

서른이 되면서 추위에 면역이 약해졌다.

나가서 친구들을 만나는 것도 귀찮았다.

휴일은 미드지.

채아는 샤워하고 젖은 머리에 수건을 감아 묶은 뒤, 소파에 앉아 편의점에서 사온 맥주를 땄다.

컴퓨터 모니터를 TV에 연결했다.

플레이어 재생 버튼을 누르자 미국 드라마가 시작 했다.

과자를 한 입 먹고 맥주를 마셨다.

과자와 맥주는 높은 열량을 선사하지만 다이어트로 극복할 수 있다.

어릴 때는 운동같은 거 하지 않아도 완벽한 바디를 유지를 할 수 있었지만 이제는 나잇살을 두려워하는 시점이 되어 버렸다.

이왕 먹는 거 생각하지 말고 시원하게 먹자.

맥주를 한 모금 들이켰다.

시원하고 따끔한 감각이 목을 치고 내려갔다.

"후우! 시원하다."

기분 좋은 감각에 꽉 진 주먹을 부르르 떨었다.

그래 좋다 이거야.

남자 친구 같은 거 없어도 충분히 인생은 즐길 수 있어.

이런 게 행복 아니냐고.

남자 친구랑 좋은 건 잠깐이야.

어차피 나중엔 싸우고 상처 받고 아플 뿐이라고.

여유있는 삶이 최고지.

미드를 보면서 충전시켜놓은 휴대폰 전원을 켰다.

불이 들어오고 휴대폰이 켜졌을 때, 부재 전화 7통과 문자 메시지가 22개나 와 있었다.

"왜 이렇게 많아. 누구지?"

부재 전화 3통은 체육 부장이었고 나머지는 아는 사람들과 스팸 문자였다. 메시지 역시 10통은 체육 부장이다.

왜 이럴까 정말.

나한테 관심 있는 거야?

채아는 얼굴을 찌푸렸다.

아닐 거야.

도끼병 걸린 여자가 되고 싶진 않다.

괜히 상처 있는 사람을 의심하지 말자.

채아는 곧 반짝반짝 빛나는 눈으로 미드에 집중했다.

"아 예쁘다…. 멋지기까지 해."

채아는 왕좌의 게임 대너리스 역의 외국 배우를 보며 반하기라도 한듯이 연신 감탄사를 연발했다.

"자 받아라."

일요일 오후.

아버지가 점심 식사를 끝내고, 5만원 짜리 지폐 두 장을 주었다.

"필요한 참고서 있으면 사고 책도 좀 읽고. 뭐 그게 싫으면 추운데 밖에서 운동하는 것 같던데. 감기 걸린다. 헬스를 끊던지. 편하게 써."

"너무 많아요."

"돈을 쓸 줄 모르면 벌 줄도 모르는 법이야. 가치 있게 써."

정우가 머리를 숙였다.

"감사합니다."

"그래."

아버지가 정우의 어깨를 두드리고 방에 들어갔다.

"일요일인데 약속 없어?"

어머니가 그릇을 치우면서 물었다.

"아버지가 주신 돈도 있고 해서 서점에 가볼까 싶어요."

"또 책 있는 데로 갈 거야? 웬만하면 머리 좀 식혀. 너무 공부만 하지 말고. 또 쓰러질까봐 엄마는 걱정이다."

정우가 어머니의 등을 밀었다.

"걱정 마시고 그만 들어가서 쉬세요. 이건 제가 정리 할게요."

"됐어 뭐하러. 놔두고 나가봐."

"금방 해요. 들어가세요."

정우가 얼른 빨래 장갑을 끼고 웃어보이자 어머니가 못 말린다는 듯 웃으며 방에 들어갔다.

빈 그릇을 싱크대에 넣고 반찬은 냉장고에 넣었다. 설거지를 끝내고, 안 방문을 열었다.

"나갔다 올게요."

"서점 간다 그랬지?"

"네. 시간 좀 걸릴 것 같아요. 늦는다고 기다리지 마시구요."

"얼마나 있으려고?"

"지하철 끊어지기 전엔 올 게요. 대형 서점에서는 굳이 책을 안 사도 그 자리에선 얼마든지 볼 수 있다고 들어서. 거기서 책 좀 읽고 오려구요."

"그럼 밥은?"

"여편네야. 사 먹으면 되지 뭘 그리 피곤하게 해."

아버지가 어머니에게 핀잔을 주고 정우에게 말을 이었다.

"정우야. 돈 필요하면 언제든지 얘기해라. 책 값이나 학교 생활하면서 필요한 거 있으면 얘기해. 게임기도 필요하면 사줄 테니까 말만 해라."

아버지가 TV를 보다가 미소를 띤 얼굴로 말했다.

"필요하면 꼭 얘기할게요. 그럼 다녀오겠습니다."

"차 조심하고."

"네 쉬세요."

고개를 꾸벅 숙여 인사를 전하고 집을 나왔다.

어린아이들이 장난감 칼을 들고 놀고 있는 모습이 보였다.

커플들이 스쳐 지나갔고, 주말이라 그런지 목욕탕을 가기 위해 목욕 용품을 들고 사우나에 들어가는 사람들도 보였다.

주변을 구경하면서 여유롭게 걸어 지하철 앞에 도착했다. 지하철을 타는 건 처음이었다.

일전에 도서관에 가기로 했었지만 이런 저런 세상 구경도 할 겸 다음으로 미뤘다. 교통카드를 찍고 미리 외워둔 노선표를 떠올리며 1호선으로 향했다.

뉴스로 봤을 때는 별로 크다는 느낌을 받지 못했는데 막상 지하철 안으로 들어오니 예상보다 훨씬 넓다. 긴 터널 속을 기차가 다닌다는 것이 신기했다.

버스에 대한 기억은 무의식 속에 자연스럽게 존재 했지만 지하철에 대한 기억은 없었다. 어째서인지 이유를 알 수 없었지만 정우는 대수롭지 않게 넘겼다.

지하철을 기다리면서 정우는 시계를 확인했다.

정확히 오후 정각 5시였다.

시계를 보고 있을 때 지하철이 들어오고 있는 소리가 들렸다.

지하철이 빠른 속도로 들어와 서서히 정차했다.

출입문이 열리고 정우는 지하철에 탑승했다. 워낙 사람들이 많아 앉을 자리가 보이지 않았다.

지하철이 출발했다.

정우가 중심을 잡으며 손잡이가 있는 가까운 곳으로 걸어갈 때 눈앞이 하얗게 번쩍였다.

영상이 나타났다.

바닥에 신문이 떨어져 있었다. 검은 구두가 그 신문을 밟았고, 정우는 뛰었다.

분명 지하철 안이었다.

눈을 떴다.

대학생으로 보이는 남자가 자신을 깨우고 있었다.

짧은 순간이지만 너무나 강렬해서 정우는 정신을 차리고도 일어날 수 없었다.

대체 뭐야.

이젠 짜증이 치밀어 오른다.

만약 이게 가짜라면.

아무리 교통사고 후유증이라지만 어째서 관계도 없는 것들이 자꾸 머릿속을 떠돌며 자신을 이토록 괴롭히는 건가.

고개를 들었다.

앉아 있는 사람, 서 있는 사람.

모두가 정우를 지켜보고 있었다.

대학생이 일어서려는 정우를 부축했다.

"감사합니다. 이제 괜찮아요."

인사를 전하고 닫혀 있는 출입문에 등을 기댔다.

대학생은 안도의 한숨을 내쉬며 몸을 돌려 손잡이를 잡았다. 지하철은 언제 그랬냐는 듯 다시 본래의 모습으로 돌아갔다. 그리고 정우는 그 광경을 보고 작은 충격을 받았으며 혼란스러워졌다.

모두 휴대폰을 보고 있다.

마치 짜여진 연출처럼, 한 사람도 빠짐없이 휴대폰을 보고 있었다.

그 광경에 여전히 꿈을 꾸고 있는 것 같은 착각이 든다.

도착을 알리고 출입문이 열렸다.

정우는 문이 열리자 출입문에서 등을 떼었다.

정거장을 알리는 안내 소리가 들려 왔다.

엄청난 인원이 한 번에 들어왔다.

좁아진 공간에 새로 들어온 사람들까지도 모두 휴대폰을 만졌다.

예외란 없었다.

시대가 변했다.

신문이 사라진 것이다.

정우는 마른침을 삼키며 눈을 문질렀다.

스피커가 다음 정거장을 알렸다.

내릴 차례가 되어 정우는 출입문 앞에 바싹 붙었다.

지하철이 멈추고 출입문이 열렸다. 사람들과 섞여 지하
철에서 내렸다. 사람들이 어깨를 치면서 지나갔다. 정우의
몸은 힘없이 흔들렸다.

정우는 천천히 걸어 계단을 타고 올라갔다.

걸으면서도 머릿속이 멍했다.

지하상가 위로 올라온 정우는 잠깐 벤치에 앉았다.

이마에 맺혀 있는 땀을 소매로 훔쳤다.

숨을 한 차례 고르고 일어났다.

차차 나아질 것이다.

원하지 않는 망상이 찾아오는 것일 뿐이다.

머리를 한 차례 강하게 흔든 뒤, 일어났다.

지하철에 안에 있는 실내 지도를 보고 곧장 걸음을 옮겼
다.

본래는 이곳저곳을 둘러보며 구경을 할 예정이었지만,
머릿속이 산만해져서 서점에서 책으로 머리를 식히고 싶
어졌다.

지하상가를 걸어 대형 서점 입구 안으로 들어가던 정우
는 누군가가 어깨를 붙잡자 혹시 모를 사태의 반격을 본능

적으로 대비 하며 고개를 돌렸다.

"이정우?"

담임 이경철이었다.

"안녕하세요."

정우도 조금 놀란 얼굴로 인사했다.

"어디 가는 길이야?"

"서점이요."

"서점?"

이경철이 장난기 있는 표정을 지었다.

"왜 만화책 신간이라도 나왔어?"

"네."

"뭐? 진짜야?"

이경철이 토끼눈을 하며 물었다.

"진짜겠어요. 그냥 책 좀 보러온 거에요."

"이 자식이 선생님을 놀리고."

"먼저 시작하셨잖아요."

"한 마디를 안 져요. 내가 너 때문에 요즘 아주 죽을 맛이다. 윗선이고 애들이고 아주. 어휴."

이경철이 못살겠다는 듯 고개를 흔들었다.

"사람이 변하면 죽는다던데. 넌 무슨 카멜레온도 아니고. 좀 천천히 해. 몸에 무슨 귀신이라도 들었냐. 하루아침에 싸움이며 운동이며 공부며 못하는 게 없어 어째. 조만

148

간 세상에 이런 일이에 제보할 거니까 그렇게 알아."

정우가 작게 웃었다.

"참아주세요. 귀찮게 하시면 복수할 겁니다."

"말하는 거 봐라. 징그럽다 정말. 어쨌든 이런데서 만나니까 반갑긴 하네. 근데 얼굴이 좀 안 좋다?"

정우가 고개를 저었다.

"괜찮아요."

"몸도 안 좋아 보이는데, 웬만하면 일찍 들어가서 쉬고 내일 멀쩡한 얼굴로 보자. 몸관리 잘 해. 너 고3이야. 감기 걸리면 죽는다."

"네 들어가세요."

담임도 서점에 들렸던 건지 서점 이름이 들어가 있는 종이 가방을 들고 있었다.

인사를 나누고 문구점을 가로 질러 에스컬레이터를 타고 3층으로 올라갔다. 서점에 들어서자 수많은 책들이 눈에 들어왔다.

가까운 인문학 코너에 있는 이끌리는 책 하나를 잡고 다른 사람들처럼 책장 앞, 바닥에 엉덩이를 대고 앉았다. 책장에 뒷머리를 대고 책을 확인했다.

니콜로 마키아벨리의 군주론이었다.

책을 펼쳤다.

군주론은 마키아벨리가 군주인 로렌초 데 메디치에게

복종의 뜻으로 바치는 선물로써 과감히 중세기의 정치를 논하는 내용이었다.

책을 읽기 시작하자 흥미가 동했다.

내용을 읽으면서 정우는 현실적으로 통찰력을 발휘하는 마키아벨리의 군주론에 동의했고 감탄했다.

정우는 일전부터 역사만큼 위대한 가르침은 없다고 생각하고 있었다. 그리고 오늘 절감했다. 역사는 길을 말하고 있다. 수많은 간접적 실전을 알려준다.

정우는 한 글자도 놓치지 않고 군주론을 읽기 시작했다.

마치 시간이 멈춘 것처럼 정우는 책 속으로 빨려 들어갔다.

역자 후기까지 읽고 군주론에 마침표를 찍었을 때, 4시간이 훌쩍 흘러 있었다. 단순히 읽고 외워지는 것이 아니라, 내용을 읽으며 여러 가지의 방향성과 정우 스스로의 견해가 충돌되면서 읽느라 마지막 장을 넘기는데까지 평소보다 훨씬 오랜 시간이 걸렸다.

시계를 보니 벌써 9시반이었다.

밥 먹는 것도 잊고 책 속에 들어가 있었다.

조금 허기가 졌지만 참을 만 했다.

정우는 눈을 빛내며 서점을 활보했다.

◆◆◆

채아는 입을 삐죽 내밀었다.

퇴근길에 접촉 사고로 교통사고가 나더니 오늘은 교문을 약 100여 미터를 앞두고 구두 굽이 부러졌다.

이번 달에 마라도 꼈나.

일찍 일어난 터라 지하철을 탄 게 실수였다.

택시를 탔다면 구두굽이 부러지는 일은 없었을지도 모르고 설령 부러졌다 하더라도 수선하고 올 시간은 충분했을 텐데.

어쩌지.

이런 모습으로 학교에 출근했다간 하루종일 학생들의 놀림감이 되고 말 거다.

이러지도 저러지도 못하고 마치 무인도에 버려진 사람처럼 5분 동안이나 멍하니 서 있다가 시계를 확인했다.

구두 굽만 부러지지 않았어도 10분이나 일찍 도착할 시간이었지만 신발을 사기 위해 근처 매장을 찾아 들린다면 지각을 피할 수 없다.

가뜩이나 학교 분위기가 흉흉한 때에 지각 했다간 무슨 일을 당할지 몰랐다.

'에라 모르겠다' 하고 부러진 구두를 주워들었을 때, 뒤에서 한 학생이 다가와 옆에 섰다.

"안녕하세요."

정우의 얼굴을 확인한 채아는 한숨을 푹 내쉬었다.

어째 저 녀석을 만날 때 마다 이런 우스꽝스러운 꼴을 보이게 되는 걸까.

"어 안녕."

시선을 돌리며 무미건조하게 말했다.

얼른 사라지렴.

창피해 죽겠으니까.

또 다시 입에서 한숨이 흘러나왔다.

지금은 한 명이지만 교문을 지나자마자 수많은 학생들이 자신의 몰골을 보게 될 것이다.

어지러움에 몸이 휘청 휘어질 것 같았다.

"구두 굽 부러지셨네요."

정우가 자신의 신발을 벗어 채아의 발 앞에 두었다.

"이거 신고 가세요."

정우가 말했다.

채아가 눈을 번쩍 떴다.

"넌 어쩌게?"

"좀 있다가 찾으러 갈게요."

신발을 두고 먼저 학교로 가는 정우를 보던 채아는 시선을 밑으로 내렸다.

오래된 듯 보이지만 깔끔한 운동화가 눈에 들어왔다.

채아는 주변을 한 번 살펴본 뒤에, 운동화를 신었다.

남자 꺼라 사이즈가 크긴 했지만, 맨발로 걸어가는 꼴사나운 모습은 피할 수 있어 다행이다.

"나중에 운동화 하나 사줘야겠네."

발을 들어 흔들어 보며 싱긋 웃었다.

공간이 많이 남아 신발이 앞뒤로 흔들렸다.

채아는 미소를 지으며 힐을 손에 들고 가볍게 걸음을 옮겼다. 어느새 멀어진 정우의 뒷모습이 보였다. 자신 때문에 신발 없이 걸어가는 모습이 왠지 안쓰러워보였다.

다치진 않으려나?

그런 생각을 하다가 뒤늦게 지난 일이 떠올랐다.

오지랖이 넓기로 유명한 미술 선생이 보건실로 찾아와 학교에서 있었던 일을 얘기해주었었다.

말로만 들어선 모두 거짓말 같은 얘기였다.

학교에서 늘 만화책만 보다가 혼이 나기 일쑤였고 친구도 없는데다 오타쿠라고 놀림까지 받았던 아이였다고 들었다.

언젠가 들어본 적은 있었다.

만화를 좋아하는 아이가 있다고.

어쨌든 그랬던 아이가 방학이 끝나고 완전히 달라졌단다.

채아 자신이 봐도 만화책을 좋아하는 오타쿠랑은 전혀 거리가 멀어 보였다. 놀림을 받을만한 성격도 아닌 것 같고. 그런 애가 학교 일진들을 모두 때려눕히고 학교를 찾아온 학부모에게 되려 김주호의 문제를 제기해 학교를 뒤집어놨다니.

그 땐 정말이지 마치 무슨 드라마 내용을 듣는 것만 같았다.

말이나 행동으로 봐선 전혀 그렇게 안 보이는데.

정우에 대한 호기심과 궁금증이 머릿속에 차던 중, 교문 앞에서 체육 부장과 얘기를 하고 있는 정우가 보였다. 정우는 자신을 향해 손가락을 가리켰고, 체육 부장은 자신의 모습을 확인하더니 정우를 학교 안으로 보냈다.

신발이 없어서 그랬구나.

으 챙피해.

한 명이라도 더 다른 애들이 보기 전에 최대한 빨리 들어가야지.

고개를 숙이고 걷는 속도를 올렸다.

제발 말을 걸지 말아달라고 속으로 기도했지만 체육 부장은 그런 채아의 기대를 무참하게 어그러트렸다.

"선생님. 구두굽 부러지셨다면서요."

알면서 왜 묻니.

"하하 네."

채아가 어색한 얼굴로 대답했다.

"정우가 참 착하네요. 신발도 다 주고 가고."

"…네."

체육 부장이 대충 대답하고 지나가려던 채아의 앞을 가로 막았다.

"저 혹시 이번 주 일요일에 시간 있으세요?"

"네?"

"커피 한 잔 했으면 해서요. 학교 관련해서 여러 가지 얘기하고 싶은 것도 있고. 좀 더 친해졌으면 해서."

체육 부장이 뒷머리를 긁으며 얼굴을 붉혔다.

채아는 화들짝 놀랐다.

이혼한지 한 달도 안 돼서 나한테 작업을 걸다니.

어제 회식 때 얘기를 나눈 게 오해를 샀나?

아 힘들다 정말.

후회가 밀려왔지만 지금와서 후회해 봤자 어쩔 수 없는 일이었다.

"바빠서요. 죄송합니다."

"그, 그럼 다음 주는?"

포기를 모르는 남자네.

채아는 고개를 슬쩍 까닥여 보이고 서둘러 학교 안으로 들어갔다.

미안하긴 하지만 거절은 단호해야 한다.

희망을 줄 생각 따윈 없어.

휴우, 제대로 된 남자를 만나고 싶다.

지금까진 결혼식에서 부케를 피해왔지만, 이젠 정말 위기가 왔다.

한 번 받아 볼까.

좋은 자극이 될지도.

아니면 점집이라도 다시 한 번 가서 부적이라도 사볼까.

채아는 굽이 부러진 구두를 보며 땅이 꺼질 듯 한숨을 내쉬었다.

똑똑!

노크 소리가 났다.

업무 일지를 덮어두고 안경을 벗어 책상 위에 내려놓았다.

"네에-."

채아가 문 쪽을 보며 말했다.

문이 열리고 문틈 사이로 시커멓게 그을린 체육 부장의 얼굴이 나타났다.

채아의 하얀 미간이 일그러졌다.

"잠깐 들어가도 될 까요?"

체육 부장이 특유의 작은 눈을 반달로 만들며 물었다.

"무슨 일로……"

"좀 전해드릴 게 있어서요."

"들어오세요."

채아가 딱딱하게 말했다.

싫었지만 딱히 거절하기도 뭐했다.

체육 부장은 얼른 들어와 문을 닫았다. 손에는 도시락통을 들고 있었다. 얼굴은 다소 상기되어 있었고 긴장한 듯 조금 굳어있는 듯 보였다.

"어쩐 일이세요?"

"저 그게. 아직 식사 전이시죠? 제가 도시락을 싸왔는데 간식을 좀 먹었더니 생각이 없어서. 서선생님 좀 드시라구요."

"아 괜찮아요."

채아가 깜짝 놀라서 손을 휘저었다.

"안 먹어서 드리는 거니까 편하게 드셔도 돼요."

"정말 괜찮아요."

체육 부장이 풀이 확 죽었다.

마치 순식간에 시들어버리는 식물 같았다.

"다른 볼 일 있는 건 아니시구요?"

채아가 물었다.

"그게 사실 제가 요즘 고민이 좀 있어서요." 라고 말하며 체육 부장이 안으로 들어와 낮고 동그란 의자에 은근슬쩍 앉았다.

체육 부장의 시선이 채아의 다리로 떨어졌다.

스타킹을 신은 새하얀 다리.

잘 관리된, 탄력 있는 허벅지가 미니 스커트 아래로 라인을 드러내고 있다.

그 밑으로 보이는 홀쭉한 종아리와 얇은 발목.

하이힐까지 순식간에 훑었다.

그가 콧구멍을 벌름 거렸다.

눈동자가 커지고 입이 벌어졌다.

그의 눈길이 스친 건 아주 잠깐이었지만 채아는 불쾌했고 조금 무섭기까지 했다.

체육 부장이 뒤늦게 표정 관리를 했지만, 이미 기분은 나쁠 대로 나빠졌다.

"사적인 얘기라면 듣고 싶지 않네요. 나가주세요."

채아의 직접적인 말에 체육 부장이 시간이 멈춘 듯한 얼굴이 됐다.

"저 5분 만이라도 시간을 좀⋯⋯."

"체육 부장님이 이러시는 거 저 엄청 곤란하고 불편해요. 그러니까⋯."

"서 선생님!"

체육 부장이 벌건 얼굴로 채아의 손목을 움켜 잡았다.

"뭐하는 짓이에요. 이거 안 놔요?"

채아가 아랫입술을 질끈 깨물며 큰 소리로 말했지만 체육 부장은 동요하지 않았다. 마치 귀신에 홀린듯한 얼굴이었다.

"제 얘기 좀 들어주세요."

체육 부장이 떨리는 목소리로 말했다.

"당신 지금 실수하시는 거에요. 계속 이러시면 저 소리 지를 거에요."

"제 얘기 좀 들어달라구요!"

오히려 체육 부장이 버럭 소리를 질렀다.

충혈된 눈과 격하게 흥분된 감정이 그의 입과 코에서 거친 숨소리로 흘러 나왔다.

"이 손 놓으라고 했어요."

채아는 두려움을 감추고 애써 눈을 부릅떴다.

눈물이 흘러나올 것 같았지만 이렇게 예의 없는 자식에게 약한 모습을 보여주고 싶지 않았다.

기사에서 본 적이 있었다.

밤길을 걸을 때도 당당하게 걷는 여자보다 힘없이 걷는 여자가 더 위험한 타겟이 된다는 것을.

"좋아합니다. 서 선생님을 정말로 좋아합니다."

재정신이 아닌 것 같았다.

여긴 학교다.

이런 공무적인 자리에서, 이런 짓을.

"서 선생님도 저한테 관심 있다는 거 알아요. 우리 저번에 회식했을 때 이혼하고 힘들어한 저에게 서 선생님이 웃어줬잖아요. 힘내라고 술도 따라줬고."

"그건!"

"솔직하게 내 마음을 전하는 거에요."

"전 싫어요."

채아가 놀라고 질린 얼굴로 말했다.

체육 부장이 이를 꽉 물었다.

그의 눈이 어둡게 꿈틀 거렸다.

"그거 알고 계세요?"

"……?"

"대령고교의 교장 선생님. 제 삼촌이라는 거."

채아가 비웃음을 던졌다.

"그래서요?"

"알고 계셨군요."

"하고 싶은 말이 뭐야?"

채아가 도끼눈을 뜨며 날카롭게 말했다.

"당신을 이 학교에 합격 시킨 건 전적으로 내가 추천했기 때문이에요. 사실 당신 성적으로 이런 명문고교에 들어올 수 없다는 건 누구보다 당신이 더 잘 알고 있을 걸요?"

채아의 얼굴이 얼어붙었다.

"그건 즉. 내 말 한 마디면 당신을 더러운 이유를 만들어 이 학교에서 내다버리는 것도 전혀 어렵지 않다는 거죠."

"개자식!"

채아가 눈물을 머금은 얼굴로 체육 부장을 노려보았다.

"나를 그렇게 쳐다보지 마요. 많은 사람들이 주고 있어요. 우리가 잘 되기를. 교감이 회식 자리를 마련한 것도, 동료가 자리를 바꿔주기도 했잖아요."

채아가 질린 얼굴로 체육 부장을 노려 보았다.

"내가 원하는 게 뭔지 궁금하지 않아요?"

체육 부장이 채아의 다리를 보며 음흉하게 웃었다.

"전혀."

채아가 분함에 부들부들 떨면서 말했다.

"위험할 텐데. 요즘 같은 세상에 학교에서 쫓겨나면 다른 곳으로 옮기기도 쉽지 않을 거에요. 물론 그냥 내쫓지도 않지. 아주 안 좋은 소문을 붙여서 내보낼 테니까."

채아가 울먹이는 얼굴로 손목을 잡힌 주먹을 부르르 떨었다.

체육 부장이 광기에 가까운 눈으로 그녀를 보며 허벅지를 향해 손을 내밀었다.

철컥!

예고 없이 보건실 문이 열리자 체육 부장은 황급히 채아의 손목을 잡고 있던 팔을 밑으로 내렸다. 채아는 표정을 감추기 위해 고개를 옆으로 돌렸다.

"이, 이 시간에 웬일이야 정우야."

체육 부장이 애써 표정을 관리하며 말했다.

그는 소매로 이마의 식은땀을 닦았다.

"신발 받으러 왔는데요."

슬리퍼를 신고 있는 정우를 보며 체육 부장이 벌떡 일어나 주변을 살폈다. 그 사이 정우는 가늘게 떨고 있는 채아를 응시했다.

컴퓨터 책상 밑에서 운동화를 발견한 체육 부장이 어색하게 웃으면서 정우에게 신발을 건넸다. 신발을 받은 정우는 체육 부장을 빤히 쳐다보았다.

"왜? 내 얼굴에 뭐 묻었어?"

체육 부장이 두꺼운 손으로 자신의 얼굴을 더듬었다.

"아니요."

"근데 뭐해 안 나가고."

"보건 선생님한테 할 말이 있어서요."

"아 그래?"

"나도 얘기 중이었는데, 그래 뭐 내가 다음에 하지."

체육 부장이 채아를 한 번 돌아본 뒤에, 보건실을 나가며 문을 닫았다.

"선생님 좀 피곤하다. 할 말이라는 게 뭐야…."

채아가 고개를 숙인 채 다 죽어가는 소리로 말했다.

정우가 운동화를 손에 들고 채아 앞으로 다가가 무릎을

굽혀 앉았다.

"괜찮아요?"

정우가 그녀를 올려다보며 물었다.

참고 있던 울음이 터지고 말았다.

양쪽 눈에서 눈물이 왈칵 쏟아 내렸다.

채아가 책상에 엎드려 입을 틀어막고 울었다.

정우는 울고 있는 그녀를 보다가 손을 들어 잠깐의 망설임 뒤에, 그녀의 등을 토닥였다.

채아는 짧지만 길게 울었다.

"이제 괜찮아. 가도 돼."

겨우 눈물을 멈추고 마음을 가다듬은 채아가 얼굴을 닦으며 힘겹게 말했다.

정우는 등을 토닥이던 손을 뗐다.

"혹시 들었니?"

채아가 창가로 고개를 돌리며 떠는 목소리로 물었다.

"아니요."

"별 거 아니야. 내가 좀 안 좋은 일이 있어서 그런 거니까. 신경 쓰지 말고 나가봐."

"네."

정우는 책상 위에 놓여있는 도시락 통을 들고 보건실을 나갔다. 정우는 복도를 지나 화장실 앞에 다다랐을 때 걸음을 멈췄다.

정우는 화장실 앞에 놓여있는 하얀 휴지통 안으로 손에 들고 있던 도시락 통을 던졌다.

쿠웅!

쓰레기통에 들어간 도시락 통을 보는 정우의 눈빛은 무심했으나 아득하리만큼 깊은 어둠을 가지고 있었다.

REVOLUTION

정우

베가 현대 판타지 장편소설

제 5 화

고 립

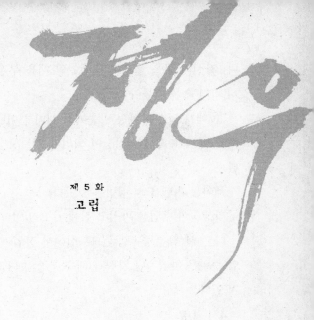

제 5 화
고립

I

채아는 손톱을 잘근잘근 깨물었다.

초조함이 등허리를 기분 나쁘게 쿡쿡 찔러댔다.

숨을 고르다가 거울 앞에 섰다.

거울에 비친 얼굴은 자신이 봐도 안쓰러울 정도다.

붉어진 눈에 지친 기색이 만연했다.

고개를 숙이며 눈물 섞인 한숨을 뱉어냈다.

아직도 생생하다.

괴물같이 변한 놈의 얼굴이.

시간이 꽤 흘렀음에도 몸이 떨리는 걸 주체할 수가 없었다. 자신의 몸을 훑으며 내뱉었던 체육 부장의 말은 여전히 기억 속을 떠돌아 다녔다.

TV에서 뉴스나 예능 방송에서 재미 삼아 흘려들었던 스토커 얘기가 자신의 입장이 되리라고는 상상도 하지 못했다.

채아는 커텐을 쳐 창밖을 보았다.

학생들이 수업을 마치고 집에 가고 있었다.

다른 선생님들은 모두 교무실에서 잔업과 내일 있을 수업 준비를 하겠지만 자신과 체육 부장의 퇴근 시간은 정해져 있다.

4시 30분.

아직 해가 떠 있는 낮이지만 혹시라도 자신을 뒤쫓아 올지도 모른다는 생각에 집에 가기가 무서워졌다. 섣불리 발걸음이 떨어지지가 않았다.

체육 부장이 뒤따라오는 모습이 상상되자 온몸의 잔털이 삐죽 섰다.

힘이 빠진 손으로 휴대폰을 들어 연락처를 뒤졌다.

오늘 하루는 친구 집에서 머무르고 싶었다.

도저히 집에서 혼자 있을 용기가 나질 않았다.

"미희야 나야. 뭐해?"

- 나 일하고 있지.

"통화 괜찮아?"

– 응 얘기해.

"혹시 오늘 약속 있어?"

– 왜?"

"그게…."

오늘 있었던 끔찍한 상황을 얘기했다.

친구는 당연히 넘어갈듯이 놀랐고 좀 더 자세히 얘기를 해보라며 마치 은근히 재밌어 하는 듯 집요하게 디테일을 따지며 캐물었다.

"암튼 그래서 상황이 좀 그래. 오늘 너희집에서 좀 잘 수 있을까? 혼자 있기 너무 무서워서 그래."

– 어쩌지. 나 오늘 약속 있는데….

"정말?"

채아의 목소리에서 기대가 무너진 실망감이 가득 흘러 나왔다.

– 정말 미안. 빠질 수가 없는 약속이라…. 명숙이한테 전화 한 번 해봐.

"명숙이는 안 돼."

채아가 힘없이 말했다.

– 싸웠어?

"…그렇다기 보다. 어쨌든 안 되면 어쩔 수 없지. 내가 따로 알아볼게. 괜히 미안해 미희야. 나 때문에 신경 쓰이게 해서."

– 아니야. 내가 더 미안하지. 내일은 괜찮으니까 오늘만 다른 친구들한테 한 번 알아봐. 알아보고 다시 연락해. 꼭.

"알았어."

전화를 끊고 나서 손으로 이마를 짚었다.

가장 친한 친구인 미희에게 신세를 질 수 없다니. 앞이 깜깜했다.

최근들어 나가는 게 귀찮아지고 혼자 있는 생활을 편안하게 즐겼더니 친구가 줄었다는 걸 이제서야 채아는 실감했다.

되돌아보면 꽤 친한 친구들과도 조금은 서먹해질 정도로 긴 텀이 생기고 말았다.

나이를 먹다보니 현실을 인지해서 일까 점점 더 나태한 생활 습관이 몸에 베여가고 있었다. 지금이라도 깨달았다는 게 다행인지 불행인지 모를 일이었다.

– 연주야 통화 괜찮아…?

– 지현아.

– …영아야.

전화기를 돌리는 족족 퇴짜를 맞았다.

평소에는 연락도 잘 안하고, 은근히 답장도 귀찮아했던 걸 복수라도 하는 걸까.

일이 생기자 모두 일부러 피하는 것인지 거절을 표해왔다.

줄지어 거절을 당하자 더 이상 전화를 걸 엄두가 나질 않았다.

택시 타고 바로 경찰서로 가버릴까?

체육 부장의 말이 떠올랐다.

위험할 텐데. 요즘 같은 세상에 학교에서 쫓겨나면 다른 곳으로 옮기기도 쉽지 않을 거에요. 물론 그냥 내쫓지도 않지. 아주 안 좋은 소문을 붙여서 내보낼테니까.

채아의 동공이 흔들렸다.

분명 정상이 아니야.

그는 집착을 넘어선 광기다.

하지만….

생각을 하면 할수록 답답한 상황이 목을 졸라왔다.

경찰서에 가서 얘기를 한들 증거가 없는 상황에서 경찰이 출두해 조사를 한다 해도 체육 부장이 발뺌하면 그만이다. 오히려 체육 부장을 더 자극하는 결과를 낳게 될지도 모를 일이었다.

어떡하지?

고민을 거듭하던 채아는 황급히 의료 가운을 벗고 외투를 입었다. 우선은 집에 가서 생각하기로 했다. 여기서 바보처럼 꾸물거리다가 해라도 떨어지면 더 큰일이었다.

핸드백을 매고 신발을 찾던 채아는 비닐 속에 넣어둔 굽이 부러진 구두를 보고서야 뒤늦게 신발이 없다는 걸 깨달았다. 구두가 들어있는 비닐을 한쪽 손에 들고 어쩔 수 없이 슬리퍼차림으로 보건실 불을 끄고 나왔다.

문을 잠근 뒤, 서둘러 걸음을 옮길 때 누군가의 손이 채아의 어깨를 덥석 잡았다.

"꺄악!"

채아가 소리를 지르며 팔을 쳐냈다.

그녀는 뒤로 돌아서면서 바닥에 주저앉았다.

채아는 커다랗게 뜬 눈으로 물리 선생인 진아를 올려다보았다.

진아는 깜짝 놀란 얼굴로 입을 동그랗게 말았다.

"체, 채아씨 괜찮아? 왜 이렇게 놀라?"

그녀의 얼굴을 확인한 채아가 눈을 감으며 가슴을 쓸어내렸다.

간이 떨어지는 줄 알았다 정말.

"죄송해요. 기척이 없어서…."

"부르려고 했는데 채아씨 반응이 너무 빨라서…. 미안해. 괜찮아?"

"네 괜찮아요."

진아가 채아를 부축해서 일으켰다.

"안색이 안 좋네. 어디 아파? 땀 흘리는 것 좀 봐."

진아가 손수건을 꺼내 채아의 땀을 닦아 주었다.

"감기 기운이 좀 있는 것 같아요."

"잔업 얘기할 게 좀 있었는데, 내일 하자. 얼른 들어가서 쉬어."

"죄송해요. 먼저 가볼게요."

"내가 더 미안하지. 얼른 들어가."

진아가 채아의 어깨를 토닥인 뒤 고개를 갸웃거리며 몇 번을 돌아보면서 교무실 쪽으로 향했다. 채아는 연거푸 가슴을 쓸어내리며 여전히 질려있는 얼굴로 건물을 나왔다.

밖으로 나오자 차가운 바람이 채아의 얼굴에 흐르는 땀을 스쳐 지나갔다. 핑계로 말한 감기가 정말로 올 것 같은 기분이 들었다.

등이 서늘했고 오한이 느껴졌다.

손으로 양팔을 문지르며 주변을 살피던 채아는 운동장을 보고 걷던 속도를 늦췄다.

한 학생이 혼자서 운동장을 뛰고 있었다.

꽤 거리가 있지만 눈에 익은 얼굴.

정우 같은데.

채아는 위로 천막이 있는 쳐져 있는 운동장 교단 안으로 들어갔다. 교단 안에서 보자 2층 정도의 높이라 운동장이 한 눈에 들어왔다.

예상했던 대로 운동장을 뛰고 있는 학생은 정우였다.

언제부터 뛰었던 건지 이 추운 날씨에 땀이 한 가득이다.

턱 끝으로 땀이 흘러 내렸고 셔츠의 앞뒤가 젖어 있었다. 잠시 후 교단 앞을 지나가던 정우가 채아를 올려다보았다. 눈이 마주쳤다.

보건실에서 울고 있는 자신을 위로해주던 정우가 생각났다.

정우는 교단 앞에서 멈춰 섰다.

정우는 교단 옆 계단에 놔둔 교복 자켓을 어깨에 두르고 가방을 한 쪽 어깨에 울러맨 뒤 교단 위로 올라왔다.

"왜 안 가시고 여기 계세요?"

정우가 가쁜 숨을 고르며 물었다.

"인사를 못 한 것 같아서."

"인사요?"

정우가 숨이 차 미간 사이를 찌푸리며 되물었다.

"고맙다는 인사. 고마웠어."

"아 신발이요?"

정우가 살짝 웃으며 말했다.

단추를 푼 셔츠 사이로 가슴에 흐르는 땀이 채아의 시야에 들어왔다. 채아의 눈이 딱딱하게 굳어졌다. 그녀는 조금 빨개진 얼굴로 시선을 돌렸다.

"감기 걸리겠다. 얼른 옷 입어. 바람 불잖아."

말해놓고 속으로 스스로가 어이가 없었다.

고등학생한테 긴장한 거야? 설마……

"퇴근하시는 길이세요?"

"응? 으, 응."

"몸이 좀 안 좋아 보이시네요."

"감기 기운이 있나 봐. 좀 으슬으슬하네"

"같이 가요. 택시 타는 곳까지 바래다 드릴게요."

채아가 반색하며 고개를 끄덕였다.

그렇지 않아도 무서웠는데 택시까지 같이 가준다면 안심이다.

정우와 같이 교단을 내려와 교문 쪽으로 걸어갔다. 가면서 주변을 살피고 몇 번 뒤를 돌아봤다. 교무실 쪽을 보자 창 밖으로 고개를 내밀고 있는 사람이 보였다. 각진 턱과 커다란 얼굴. 한 눈에 봐도 체육 부장이다.

보고 있어.

소름이 발끝부터 전신을 타고 올라왔다.

채아는 뒤돌아보고 있던 얼굴을 전방으로 홱 돌렸다.

어깨가 올라가고 목은 자라처럼 안으로 쑥 들어갔다.

등 뒤가 따갑다.

쳐다보고 있는 시선이 마치 손으로 만지기라도 하는 것처럼 징그럽게 느껴졌다.

무서웠지만 한 편으로는 다행이라는 생각도 들었다.

위치를 확인했기 때문이다.

쫓아오진 않겠지.

"왜 그러세요?"

"아, 아니야."

채아는 걷다가 흘깃 옆을 보았다.

정우는 말없이 가만히 걷고 있다.

말이 많지 않은 아이다.

입이 무거운 편인 것 같다.

목소리도 좋고 발음도 나무랄대 없이 좋다.

시선은 정면을 똑바로 보고 있고 허리는 똑바로 세워져 있다.

구부정하지 않은 바른 자세.

당당함마저 느껴진다.

체육 부장을 머릿속에서 지우기 위해 아무렇게나 말을 걸었다.

"사람들 얘기로 네가 많이 변했다던데 계기가 뭐야? 이렇게 봐선 소문처럼 만화에 강한 애착을 가진 것처럼 보이진 않는데. 왠지 어른스러워 보이기도 하고. 남자답기도 하고."

정우는 잠깐 생각하는 듯한 표정을 보였다. 그러다 고개를 젓는다.

"저도 잘 모르겠어요."

"결심을 굳혔다던가. 다시 태어나고 싶은 마음을 독하게 품었다던가. 그런 거 아니었어?"

정우가 빙글 웃었다.

"아니요. 실은…."

검지로 이마를 긁는다.

"사고가 있었어요."

"사고? 무슨 사고?"

"교통사고요. 꽤 큰 사고였고, 의식을 잃은 뒤 깨어났을
때 전 기억이 없었죠."

채아가 놀란 얼굴로 입을 벌리다가 다물었다.

그녀는 어색하게 웃으며 바닥을 봤다.

"처음 듣는 얘기라. 좀 놀랐네. 기억상실이라니…. 담임
선생님한텐 얘기 안 한 거겠지? 그런 얘기가 없는 걸 보
면."

"시끄러워질 게 뻔하니까요. 싫었거든요. 관심이 집중
되는 거."

"왠지 나만 알고 있다고 생각하니까 뭔가 기분 좋은데?"

채아가 웃으며 어깨를 툭 쳤다.

정우도 같이 웃었다.

"신기하다. 정말 있구나 기억상실증이라는 거. 드라마
나 영화에서만 봤거든."

"그럴 거에요."

"그럼 그 이후로 성격이 바뀐 거야?"

"그런 거 같아요. 소문 내면 안 됩니다."

채아가 입을 가리며 웃었다.

"비밀로 할게."

얘기를 하다보니 어느새 교문을 지나 도로 앞에 도착했다.

정우가 도로 앞으로 나가 택시를 잡았다.

"고마워. 집이 어디야? 아 혹시나 같은 방향인가 싶어서."

"반대편이에요."

"그래? 그럼 조심히 들어가."

"네 들어가세요."

인사를 하고 택시에 올라탔다.

택시가 출발했다.

뒤를 돌아보자 횡단보도 앞으로 가는 정우의 뒷모습이 보였다.

신기해 정말.

기억상실증이라니.

성격이 바뀐 이유를 알 것 같아 왠지 속이 좀 시원한 느낌이다. 게다가 얘기를 나누다 보니 저도 모르게 긴장이 풀렸다.

굉장히 심각하게 생각했던 일이 지금은 별 것 아닌 것처럼 느껴진다.

이정우.

왠지 사람을 편안하게 만드는 학생 같다는 생각이 들었
다.

잊어버리려고 했지만 무의식중에 불쑥 체육 부장이 생
각 났다.

너무 긴장하거나 무서워할 필요 없어.

천천히 생각해보자 앞으로 어떻게 할지.

다시 가슴이 갑갑해져 왔다.

◆◆◆

정우는 집에 가는 길 가까운 동네에 있는 도서관 하나를
올려다보았다.

3층으로 되어 있었고 지어진지 오래된 듯 건물 겉면이
위태로울 정도로 헐어져 있었다.

건물 옆엔 작은 골목이 있다.

도서관 간판에 영업시간이 적혀 있었다.

오전부터 새벽 1시까지였다.

정우는 주변을 둘러보며 거리를 모두 기억 속에 확인시
켜둔 뒤, 건물 안으로 들어갔다. 좁은 계단을 타고 3층으
로 올라갔다.

대학생으로 보이는 청년이 총무인 것 같았다.

그는 사람이 오는지도 모르고 크고 두꺼운 책을 펼쳐 필

기를 하고 있었다.

작은 창문에 노크를 했다.

공부 중이던 총무가 안경을 올려쓰며 고개를 들었다.

"어떻게 오셨어요?"

"잠깐 둘러봐도 될까요?"

"그러세요."

정우는 짧게 인사하고 도서관 안으로 들어갔다.

갈색 나무로 된 칸막이 책상이 눈에 들어왔다. 정우는
내부를 한 바퀴 둘러본 뒤, 화장실을 확인하고 구석에 있
는 창문을 열어 바깥을 살폈다. 밑을 내려다보자 쓰레기가
쌓여 있는 게 보였다.

정우는 총무에게 잘 봤다고 인사를 전한 뒤, 도서관 건
물을 나와 반대편에 있는 작은 커피숍에 들어갔다. 들어가
면서 출입구에 붙어있는 커피숍 영업 시간을 확인 했다.

FM 11시 마감이었다.

"어서 오세요."

머리띠를 한 알바생이 미소와 함께 인사 했다.

정우는 카운터 앞에서 커피 한 잔을 시켰다.

"아메리카노 작은 걸로 주세요."

"드시고 가세요?"

"테이크 아웃이요."

"포인트 카드나 적립 카드 있으세요?"

"아니요 그냥 주세요."

"네 결제해 드리겠습니다."

"저기 혹시 독서실 건물 옆에 저 쓰레기. 저거 언제 치우는지 혹시 아세요?"

정우가 현금을 지불하면서 물었다.

"글쎄요. 아마 새벽 아침 아닐까요? 얼마 전에 호프 집 알바 했을 때 그 때쯤 보통 청소부 아저씨들 차 타고 지나가는 거 봤었거든요."

"그렇구나. 앞으로 당분간 이 독서실에 좀 다녀볼까 생각 중인데 왠지 좀 거슬려서요. 제가 고양이랑 쥐를 좀 싫어해서."

알바생은 별 걸 다 얘기한다는 식으로 정우를 잠깐 쳐다본 뒤 커피를 마무리 해서 내왔다.

"감사합니다."

정우는 인사를 전하며 커피숍을 나왔다.

집으로 가는 길목을 세세하게 눈에 담으며 빨대를 입에 물어 커피를 마셨다.

쓴 맛에 정우는 인상을 찌푸리며 손에 든 커피를 보다가 주변을 두리번 살폈다. 인적이 드물 때, 빨대를 빼고 플라스틱 뚜껑을 열어 커피를 전봇대 옆에 부었다.

빈 플라스틱 일회용 커피통은 전봇대 옆 벽 난간 위에 올려두었다.

◆◆◆

"정 부장님."

자신을 부르는 소리에 체육 부장 인혁은 뒤를 돌아봤다.

이경철 선생이었다.

"밖에 뭐 있어요?"

이경철이 체육 부장이 보던 창밖을 힐쭉 보며 물었다.

"그냥 좀."

"무슨 일 있으세요?"

이경철이 인혁의 얼굴을 보며 물었다.

"아니요. 왜 그러시죠?"

"표정이 좀 안 좋아 보여서."

"아닙니다. 그보다 무슨 일로?"

"아, 다름이 아니라 스케줄 표 다시 잡으셔야할 것 같아서요."

"제가 일정 잘못 잡았나요? 그럴 리가 없을텐데. 제가 몇 번이나 확인했거든요."

"그게 아니라 교장 선생님 지시 사항입니다. 4월 모의고사랑 중간 고사 일정이 변동 돼서요."

인혁이 고개를 끄덕였다.

"알겠습니다. 확인하고 다시 조정할게요."

"네."

책상으로 돌아와 4월달 수업 시간표를 확인하고 일정을 조정했다.

남은 잔업이 없어서 일찍 마무리하고 먼저 퇴근 준비를 했다.

책상을 정리한 뒤, 컴퓨터를 끄고 일어났다.

"들어가 보겠습니다. 고생하십시오."

파카를 입고 인사를 건넸다.

"들어가세요."

"내일 봐요 정 부장님."

간단히 인사를 하고 학교를 나왔다.

강당에 들려 사무실에 들어가 체크를 한 뒤, 불을 끄고 문을 다시 잠갔다.

"연습 잘하고 문 잘 잠그고 가."

"예 안녕히 가십시오!"

농구를 하고 있던 부원들이 우렁찬 목소리로 인사를 했다.

강당을 나와 주차장으로 향했다.

자신의 SUV 차량에 타 시동을 걸었다.

히터를 세게 틀었다.

주머니 안에서 털장갑을 꺼내 손에 끼고 시계를 확인했다.

인혁은 학교를 슬쩍 본 후, 사이드를 내렸다.

오피스텔에 도착하자마자 인혁은 컴퓨터를 켰다.

전원이 들어오면서 컴퓨터가 기잉 하는 소리를 냈다.

집안 불을 모조리 키고 커텐을 쳤다.

화장실에 들어가 샤워기 물을 틀었다.

거실로 나오면서 옷을 하나씩 훌렁훌렁 벗었다.

몇 년 동안 몸에 베인 습관이다.

옷을 아무렇게나 퍼질러놓을 때 쯤 되면 컴퓨터 모니터에 윈도우 대기 창이 뜬다.

암호를 입력하자 소리를 내며 파란창이 떴다.

자동으로 로그인 되어있는 음악 프로그램이 실행된다.

목록 중 한 곡을 선택해 재생버튼을 눌렀다. 화장실 안에서 재즈 음악이 흘러 나왔다. 식탁 위에 올려져 있는 담배갑에서 담배 한 까치를 꺼내 입에 물었다.

라이터 불을 당겼다.

치익!

의자에 앉아 식탁 위로 발을 올리고 하얀 연기를 입 밖으로 흘려보냈다.

이 순간 하루 중 가장 강렬한 기대감이 아주 깊은 곳에서부터 시작되어 몸 곳곳을 니코틴과 함께 채워 나간다.

몸을 일으켜 화장실로 들어가 거울을 보며 담배를 빨았

다. 거울을 보며 배를 쓰다듬었다.

건강이 조금 걱정되어 올해가 가기 전에 건강검진을 한 번 받아봐야겠다고 생각했다.

내시경은 싫은데….

그런 생각을 하며 대변기에 피우던 담배 꽁초를 던졌다.

시뻘겋게 타오르고 있던 담배가 변기물에 들어가면서 순식간에 식어버렸다.

인혁은 변기 물을 내리고 샤워기로 머리를 적셨다.

직모라서 녹아내리듯이 머리가 젖어들었다.

뜨거운 물로 샤워를 마치고 나와 머리와 몸을 닦은 수건을 바닥에 던졌다.

로션을 얼굴에 바르고 젖은 머리는 대충 손으로 매만졌다.

인혁은 나체로 컴퓨터 앞 의자에 앉았다.

마우스로 손을 가져가면서 얼굴이 상기된다.

모니터 옆 책상 위로 다리를 꼬아 얹으면서 원격 CCTV 프로그램을 실행했다.

세상이 참 좋아졌다.

이걸 처음 구입했을 때 아이처럼 기뻐했던 기억이 난다.

좀 더 일찍 사면 더 좋았을 텐데.

욕심이 가슴 언저리를 날아다녔다.

"흐음."

아이디와 비밀번호를 입력했다.

로딩을 거친 후, 컴퓨터 모니터에 CCTV 화면이 떴다.

비어있는 보건실의 내부가 보인다.

녹화 종료를 누른 뒤, 녹화된 영상을 재생 시켰다.

64배속으로 빨리감기를 하자 보건실 CCTV에 채아가 모습을 드러냈다. 정지 버튼을 눌렀다가 뒤로 감기를 눌렀다. 처음 문을 열고 들어올 때부터로 재생 시간을 맞췄다.

백을 내려놓고 아웃도어를 벗고 의료 가운을 입는 모습을 인혁은 반한 눈빛으로 응시했다.

한참동안 화면속의 채아를 보던 인혁은 한쪽 입술을 씰룩였다.

속에서 감정이 해일처럼 솟구쳐 올랐다.

왜 날 받아 주지 않는 거야.

이토록 진심으로 널 사랑하는데.

인혁은 손바닥으로 물기가 어린 눈을 꾹꾹 눌렀다.

낭만적이지 못한 상황을 만든 건 너야.

날 받아들이지 않겠다면, 강제로라도 널 가지겠어.

어떻게든.

인혁은 모니터를 보며 자신의 몸을 더듬었다.

Ⅱ

몇 년 전부터 지방에 살고 있는 부모님의 식당이 경영난을 겪었다. 짧은 시간 사이에 수 많은 대형 음식점들이 근처에 생겨났기 때문이다.

화려하고 깨끗한 공간.

고급스럽고 넓은 실내.

어느 누구라도 같은 값이라면 발길을 자연히 돌릴 수 밖에 없다.

오래된 단골도 서서히 발길이 뜸해지고 있다.

부모님은 얘기하지 않았지만, 집을 다녀왔을 때 이미 알았다.

상황이 꽤 심각하다는 걸.

월세를 매우지 못하고 있으니 조만간 가게를 처분할 듯 싶었다.

채아는 손에 들고 있던 커피를 내려놓으며 한숨 쉬었다.

명문 고교에 보건 선생으로 들어갔을 때만 해도, 수입 부분을 걱정할 일은 없을 줄 알았는데. 이런 날벼락이 떨어질 줄이야.

이마를 만져보니 뜨끈한 열이 느껴졌다.

울화통이 터졌다.

미친놈. 변태. 괴물!

왜 가만히 있는 사람을 이렇게 괴롭히고 난리야.

증거가 없으니 경찰을 부를 수도 없는 일이다.

더군다나 조사를 시작하면 학교에 소문이 불어나는 건 시간문제다.

그렇다고 두 손 놓고 손가락만 빨고 있을 수도 없는 노릇이다.

체육 부장이 정말로 친척인 교장 선생에게 얘기해 일을 꾸미면 어쩌지?

거대한 빙산에 충돌하기 직전의 선함에 올라 탄 기분이다.

가뜩이나 취업이 어려운 시대에, 불미스러운 소문까지 덧붙여 학교에서 쫓겨난다면 미래는 암흑이었다.

문제를 해결하기 위해 머리를 굴리는 동안 김을 피우던 커피가 식었다.

이명이 생길 정도로 조용한 집 안에서, 생각에 생각을 더하던 채아는 고개를 번쩍 들었다.

이대로 당할 수만은 없는 일.

증거가 없다면 이쪽에서 증거를 만들어 주면 돼잖아.

하지만 생각만으로도 가슴이 떨렸다.

실제로 실행에 옮길 수 있을지에는 의문이 앞섰다.

어렸을 때부터 겁이 많기로 유명했다.

겉으로는 대범한척 해도 속은 늘 타들어가곤 했었다.

휴대폰을 들고 침대 위에 양반다리로 앉았다.

긴 머리를 양손으로 뒤로 쓸어 넘겼다.

괜찮아. 할 수 있어. 미래가 달린 일이라고. 겁먹고 당하고만 있어선 안 돼. 용기를 내.

스스로 최면을 걸었다.

휴대폰으로 손을 뻗었다.

떨리는 손으로 연락처를 찾아 체육 부장에게 전화를 걸었다.

휴대폰 액정에 연결 중이라는 표시가 떴다.

신호음이 흐르는 사이 심장은 입 밖으로 튀어나올 것 처럼 쿵쾅 거렸다.

– 여보세요.

목소리를 듣자 머리털이 쭈뼛 선다.

채아는 곧장 녹음 버튼을 눌렀다.

"저에요."

채아가 살짝 흔들리는 목소리로 말했다.

– 알고 있어요. 웬일이에요 전화를 다 하고.

얼굴이 보이지는 않지만 웃음소리도 들리지 않지만 왠지 웃고 있는 듯한 얼굴이 눈앞에 그려진다.

채아는 주먹을 불끈 쥐었다.

"교장 선생님이 친척이라는 걸 이용해 날 협박하는 거 너무 비겁하다는 생각 안 들어요?"

– 무슨 소리를 하시는 건지 모르겠네. 서선생.. 꿈 꿨어요?

채아는 아랫입술을 질끈 깨물었다.

"오늘 보건실에 찾아와서 애기했잖아요. 원하는 걸 들어주지 않는다면 나쁜 소문을 붙여서 자를 거라고."

– 저 지금 이거 녹음했습니다. 서 선생님 무고죄가 얼마나 무서운지 몰라요? 굉장히 불쾌하네요. 이만 끊습니다.

뚜–

통화가 끊어진 소리가 들려왔다.

채아는 손에 들고 있던 휴대폰을 떨어트렸다.

자신이 판 함정에 자신이 들어가고 말았다.

아…… 바보같아.

왜 이렇게 일이 안 풀리는 거야.

울분이 차올라 눈물이 손등 위로 떨어져 내렸다.

시치미를 떼다니.

생각도 못했다.

우둔할 줄 알았는데, 과감한 만큼 안전을 위해 치밀히 움직인다.

채아는 사지에 몰린 기분이었다.

경찰에 알리고 매스컴에도 알리면 어떨까?

회의적인 대답이 돌아왔다.

현실은 잔인했다.

결국 대령고교의 명예를 떨어트린 셈이 된다.

원수가 머지않아 온갖 이유를 붙여 어떻게든 잘라낼 것

이고, 그런 빅뉴스를 만든 선생을 학교에 들이고 싶은 사람은 없을 것이다.

냉장고에서 전에 한 잔 마시고 놔두었던 소주병을 꺼냈다.

생각을 너무 했더니 머리가 지끈해서 잠시라도 잊고 싶다는 생각이 들었다.

플라스틱 쟁반에 소주병과 소주잔을 올리고 과자를 담은 그릇을 올렸다.

TV를 틀면서 침대 위에서 소주를 마셨다. 한 잔 먹자 몸이 욱신거렸다.

요즘은 첫 잔을 마시면 뼈마디가 아프다.

나이가 들어서 그런가? 운동 부족? 이런 생각을 하면서 멍하니 TV 화면을 보았다.

TV에서는 늘 하던 예능 프로그램이 나왔다.

웃고 떠들며 방송을 하고 있는 그들은 걱정이 전혀 없어 보인다. 마치 다른 세상에 살고 있는 것만 같았다. 천국과 지옥이 있다면 저 쪽과 이 쪽이 아닐까하는 생각까지 들었다.

스트레스 때문인지 세 잔만에 취기가 올라왔다.

더 마시려다 속이 거북해서 소주 뚜껑을 닫았다.

이런 날 확 먹고 자버려야 되는데.

자신의 짧은 주량이 한심하게 느껴진다.

쟁반을 스탠드 조명이 있는 서랍 위에 올려두고 침대에 벌렁 누웠다.

피곤하기도 하고 취기도 오르는데 잠은 오질 않는다. 조금 더 먹고 뻗어 버릴까. 하는 생각에 상체를 일으킬 때 쯤 초인종 소리가 났다.

이 시간에 누구지.

거실로 나가 인터폰을 확인했다.

뭐야 이거?

인터폰 화면에 사람이 보이질 않았다.

쿵쿵쿵!

문을 두드린다.

"택배요!"

문너머로 남자의 목소리가 들렸다.

물건을 바닥에 놓고 있나 싶어 가만히 인터폰을 지켜봤지만 여전히 화면에는 사람이 보이질 않았다. 인터폰으로 보는 앵글은 꽤 넓은 각도를 가지고 있다. 그 옆으로 사람의 어깨라도 보여야 하는 데 뭔가 이상했다.

현관문 앞으로 걸어가 문에 붙어있는 작은 구멍에 눈을 가져다 댔다.

문 너머로도 아무도 안 보였다.

뭐야 귀신이야? 하고 생각할 때 밑에서 사람이 쑥 올라왔다. 채아는 하마터면 비명을 지를 번 했다. 겨우 입을 틀

196

어막고 다시 자세히 보았다. 그리고 상대를 확인하는 순간 채아는 그대로 돌처럼 굳어 버렸다.

검은 모자에 검은색 면 마스크를 쓰고 있다. 택배 직원으로써의 유니폼은 입고 있지 않다.

어째서인지 검은색 목 폴라만 달랑 입고 있다.

체격이 크다.

넓은 어깨.

근육으로 발달된 가슴.

구멍 사이로 상대의 눈을 보았다.

주름진 눈이 누군가의 눈과 겹쳐졌다.

체육 부장 정인혁?

가슴이 덜컥 내려앉았다.

채아는 너무 놀라서 소리도 못 지르고 그 자리에서 엉덩방아를 찧었다.

입술이 부들 부들 떨렸다.

쿵쿵쿵!

"아무도 없어요?"

문을 두드릴 때, 채아는 눈물을 흘리며 손으로 입을 틀어막았다. 울음이 손가락 사이를 비집고 나왔다. 두 손으로 필사적으로 입을 막았다.

그렇지 않으면 문을 부수고 들어올 것만 같았다.

다리에 힘이 없어서 일어날 수가 없었다.

엉금엉금 방으로 기어 들어갔다.

조용히 방문을 닫고 잠갔다.

쿵쿵쿵!

현관은 몇 번 더 문을 두드리는 소리가 나다가 조용해졌다.

무서워….

눈물이 봇물이라도 터진 것처럼 멈출 생각 없이 흘러내렸다.

정우는 두 칸 앞 쪽에서 나누는 대화를 듣고 교과서 페이지를 넘기던 손을 멈췄다.

"진짜야? 보건쌤 안 나왔어?"

"그래 미친놈아."

"왜 "

"몰라 인마 그걸 내가 어떻게 알아."

"왜 이렇게 까칠한가 했더만 보건 선생 얼굴 못 봐서 발정났구만."

"개소리 할래?"

"야 아픈 거 아니야? 교무실에서도 연락 못 받은 것 같던데. 아…… 나의 여신이 아프다는 거 그거 생각만 해도 가슴이 아프구나. 내가 다 아픈 거 같다. 아프냐? 나도 아프다."

"지랄을 떨어라."

정우는 영어 사전을 덮고 일어섰다.

◇◇◇

"이 선생 아직도 전화 안 받아?"

교감의 물음에 이경철 선생이 어깨를 으쓱해 보였다.

"네 안 받네요. 무슨 일 생긴 거 아닐까요. 말없이 안 나오실 분이 아닌데."

이경철이 고개를 갸웃 거릴 때 교감은 게처럼 옆으로 후다닥 걸음을 옮겨 체육 부장인 인혁에게 다가갔다.

교감이 책을 읽고 있는 인혁의 귀에 입을 가져갔다.

"정 부장. 혹시 서선생이랑 무슨 일 있었어?"

교감이 웃는 눈으로 물음표를 던졌다가 침을 꿀꺽 삼았다. 냉랭한 인혁의 표정 때문이다.

"없었는 데요."

무미건조하고 짜증난다는 식의 대답이 돌아오자 벗겨진 교감의 이마에 땀이 삐질 흘러 내렸다.

"아…. 그래? 그렇구나. 하하! 아따 날씨 좋네."

교감이 약수터에서 어르신들이 하는 운동처럼 커다랗게

손뼉을 짝짝 치면서 창가를 보며 얼굴을 뭉갰다.

"거 우리 교무실 직원 중에 서선생이랑 연락 되는 사람 있으면 바로 나한테 전화하라고 하세요. 학교를 너무 우습게 보는 거지. 회식도 꼴랑 얼굴만 비추고 가고 오늘은 무단결근을 하질 않나. 나 참. 학교 꼴 참 잘 돌아간다."

교감이 툴툴 거리며 교무실을 나갔다.

이경철은 책을 읽고 있는 체육 부장의 뒷모습을 보며 턱을 괴었다. 오늘따라 예민함이 최고조를 찍었는지 꽤 기분이 영 안 좋아 보였다.

이 학교 교무실에서 기분 여하에 따라 행동할 수 있는 사람은 단연 체육 부장인 인혁 밖에 없다.

처음에는 성격이 워낙 강해서 그런가 싶었지만 강자에게 약하고 약자에게 강한 저 교감이 애도 아니고 단순히 덩치에 겁먹고 고분고분 구는 건 아닐 것 같다는 생각이 요즘 들어 들고 있었다.

내가 모르는 무슨 뒷배경이 있는 건가?

인혁 선생 앞에만 서면 교감이 영 힘을 못 쓴다.

늘 인혁 선생 앞에 선 교감의 속 안에서 욕이 메아리치는 게 여기까지 들릴 정도였으니까.

휴우. 이유는 잘은 모르겠지만 어쨌든 부럽다 정말.

이경철은 고개를 가로 저으며 수업을 준비했다.

보건실 출입문을 꽤 오랫동안 지켜보다가 정우는 몸을 돌렸다. 문은 잠겨 있었다. 보건 선생님이 학교에 출근하지 않은 건 사실인 것 같았다.

교무실에 가서 체육 부장의 분위기를 확인하려던 정우는 학교종이 울리는 소리를 듣고 다시 교실로 발길을 돌렸다. 교실로 가면서 가슴이 꽉 죄어오는 기분을 느꼈다.

당황스러울 정도로 갑갑함이 느껴진다.

왜일까.

비밀을 알고 있어서인가?

복도 중간에 서서 난간을 붙잡고 창 밖을 응시했다.

입 밖으로 뜨거운 숨이 흘러 나왔다.

"얼른 들어와서 앉아."

교실에 들어오자 이미 1교시 수업이 시작했다.

○○ 담당 교사가 빨리 자리에 앉으라고 턱짓을 했다.

"출석 부르고 수업 시작할 거니까 조용히 해."

○○ 선생이 주의를 주며 출석부에 적힌 이름을 모두 부른 뒤, 수업이 시작됐다.

"또 왜?"

교무실에서 이경철이 정우를 보자마자 짜증을 냈다.

"너 혹시 다른 애들 야자 풀어주라는 거면 얘기 꺼내지도 마. 택도 없으니까."

"따로 드릴 말씀이 있습니다."

"해 여기서."

"여기서는 좀…."

정우의 표정을 보고 이경철이 주변 눈치를 살폈다.

"따라와."

이경철을 따라 면담실에 들어갔다.

이경철은 면담실이 지긋지긋한지 인상부터 팍 썼다.

"그래 할 얘기가 뭐야?"

이경철이 의자에 앉으면서 물었다.

"서채아 선생님. 오늘 학교 안 나오셨죠?"

"너 그 얘기 하려고 부른 거야?"

"네."

"그래 안 나왔어. 너 지금 그 얘기 하자고 교무실에 찾아와서 날 따로 불러낸 거야? 왜 걱정 돼? 너도 다른 애들처럼 서채아 선생님 좋아해?"

"선생님."

"말을 해!"

정우는 체육 부장과 서채아 선생과의 일에 대해 말했다. 정우의 말이 끝난 뒤, 이경철의 표정은 마치 예고없이 망치를 얻어맞은 듯 보였다.

"그래서 한 번 찾아가볼 생각입니다. 별 일이야 없었겠지만 혹시나 무서워서 학교에 못나왔을 수도 있으니까. 물론 다른 사정이 있는 것일 수도 있지만 일단은 제가 가서 한 번 얘기해보겠습니다."

이경철이 한 손에 얼굴을 묻으며 고통스러운 신음을 흘렸다.

"요즘 정말 왜 이러냐…."

이경철은 넋이 나간 사람처럼 웃다가 정우를 보며 씁쓸한 표정을 지었다.

"미안하다. 좀 전에 내가 예민하게 굴어서. 그런 사정이 있을 거라고는 상상도 못했어."

"아닙니다."

이경철이 앞머리를 쓸어 올리며 힘없이 웃었다.

"서채아 선생님은 내가 알아볼 테니까. 너는 신경쓰지 말고 집에 가서 공부하고 있어."

"체육 부장님이 교권을 이용해 서채아 선생님을 협박했어요."

이경철이 고개를 끄덕였다.

"그런데?"

"그래서 좀 신경이 쓰여서요."

"뭐가?"

"직접적으로 관여하시기 껄끄러우실 겁니다."

"야 이정우."

"경찰을 부를 수도 없는 일입니다. 채아 선생님에게는
이 학교가 직장이니까. 여자니까. 경찰 조사를 하는 것만
으로도 작은 소문만 돌아도 흔들릴 겁니다. 버티지 못할
겁니다. 그런데 이 상황에 선생님이 찾아 가신다구요. 신
뢰감을 주지 못 하실 겁니다."

이경철이 어금니를 꽉 깨물었다.

"그래서 네가 해결 하겠다?"

"무슨 일이 있을지 모를 일입니다. 나쁜 선택을 할 수도
있어요. 코너에 몰렸으니까."

"재수 없는 소리하지마."

"저는 시간 때문에 후회할 상황을 만들고 싶지 않습니
다. 해결이 아니라 최악의 상황을 예방하고 싶은 것뿐입니
다."

이경철은 말라비틀어진 입술에 침을 바르며 머리를 긁
었다.

"내가 너한테는 두 손 두 발 다 들었다. 가자! 그렇게 똑
똑한 머리로 공부는 왜 안 했는지. 진즉에 열심히 했으면
좋은 학교로 갔을 텐데."

이경철이 혀를 차면서 엉덩이를 들었다.

정우는 이경철을 따라 면담실을 나와 교무실에 같이 들
어갔다. 이경철은 교감에게 인사기록카드를 열람할 수 있

도록 승인해 달라고 요청했다. 이유를 묻자 정우를 보며 사정을 설명했다.

거절하던 교감이 이경철의 뒤이은 얘기에 마지못해 허락했다.

교감은 정우를 한 번 보고는 어느새 딱딱하게 굳어진 얼굴로 열쇠를 건넸다.

이경철은 열쇠를 받아와 철제 사물함을 열었다.

검은 파일 책자를 열어 서채아 인사 기록 카드를 찾았다.

몇 장 넘기지 않아 서채아의 인사 기록 카드가 나왔다.

"잠깐만 볼게요."

이경철이 파일을 넘겼다.

정우는 파일을 넘겨받은 즉시 서채아의 주소를 확인했다. 그리고 일부러 파일을 바닥에 떨어뜨렸다.

"뭐해?"

"죄송합니다."

정우가 사과를 하며 서둘러 파일을 주웠다.

첫 페이지부터 한 장씩 넘겼다. 정우는 눈으로 빠르게 체크하며 체육 부장의 인사 기록 카드를 찾은 뒤, 눈을 고정 시켰다.

아주 짧은 찰나, 정우는 체육 부장 정인혁의 주소를 읽은 뒤, 페이지를 넘겨 서채아 선생의 인사 기록 카드를 찾앉다. 주소를 들여다보는 척 한 뒤, 이경철에게 파일을 넘겼다.

"감사합니다."

"가서 별 일 없으면 바로 나한테 전화해. 그리고 오바 해서 괜히 서선생 기분 상할 일 없도록 하고. 체크하는 정도면 되는 거야."

"네. 그런데 열쇠 받으실 때 뭐라고 하신 거에요? 교감선생님 처음에 거절하시는 것 같던데."

"별 말 안했어."

이경철이 비어있는 체육 부장의 자리를 흘깃 본 뒤, 작은 소리로 말을 이었다.

"인혁선생 문제를 눈치 챈 것 같다. 지금 키를 주지 않으면 경찰을 부를 것 같다고 했더니 냉큼 주던데?"

정우가 엷은 웃음을 지었다.

"도와주셔서 감사합니다. 그럼 가보겠습니다."

"적어 가야지."

"외웠습니다."

"너 또 잃어버렸다고 전화하기만 해라."

"걱정 마세요."

이경철이 인사를 하는 정우에게 손을 들어 보였다. 정우를 보내고 그는 교무실을 나와 자판기에서 커피 한 잔을 뽑고 교외 휴게실에 들어갔다.

담배를 꺼내 입에 물고 불을 붙일 때, 휴게실 문이 열렸다.

이경철은 가슴이 뜨끔 거렸다.

"같이 한 대 태우실까요."

체육 부장 정인혁이다.

"아 예 부장님."

정인혁이 들어오면서 담배갑을 꺼냈다.

입에 담배를 물 때, 불을 붙여주자 불빛에 비친 그의 얼굴이 시야에 들어왔다.

이경철은 그의 더러운 본성을 알게 되자 매일 보던 얼굴이 낯설게 느껴졌다.

혐오스러웠고 무섭기까지 했다.

2개의 얼굴이라니.

끔찍하다.

"정우 학생이 찾아왔다던데…."

"네."

"그 학생 요즘 자주 눈에 띄네요."

"골치 아프죠."

이경철이 담배 연기를 뱉으면서 웃어 보였다.

"김주호 학부모랑 그 난리를 치고. 야자를 빼지 않으면 무슨 큰일이라도 낼 것 처럼 굴지를 않나. 튀어나온 못은 한 시 빨리 박아 넣어야 다치는 사람이 없을 텐데."

"하하 예."

"이번엔 또 무슨 일이랍니까?"

인혁이 휴게실 내에 있는 자판기에 동전을 넣으면서 물었다.

"서채아 선생님이 원래 학생들에게 한 인기하잖아요."

이경철이 담뱃재를 털면서 눈살을 찌푸리면서 말을 이었다.

"오늘 출근 안한 게 걱정 된다고 찾아가본다고 하더라구요. 하여튼 그 자식도 오지랖은."

"뭐 드실래요?"

인혁이 자판기를 눈짓으로 가리키며 물었다.

"아 저는 이거로 괜찮습니다."

인혁은 이경철이 손에 들고 있는 자판기 커피를 잠깐 보다가 캔커피 두 개를 뽑았다.

"괜찮은데…. 감사합니다."

"집에 가실 때 차에서 드세요. 아무리 겨울이라도 히터 틀면 졸릴 수도 있으니까. 얼마 전에 유투브에서 블랙 박스에 찍힌 사고 동영상을 봤는데. 졸음 운전이 그렇게 위험하더라구요. 그래서 이후로 저도 요즘 안전운전 하는 중입니다. 하하!"

"잘 먹을 게요."

이경철이 미소를 보냈다.

약간의 다혈질 기를 가지고 있기는 해도 순박하고 선한 사람인 줄 알았다. 그런데 그게 아니라 이미지 박스를 그렇게 만들어놓고 실은 완전히 정반대의 폭력적인 본성을 숨기고 있었다니.

비밀을 알고 있어서 그런지 팔에 닭살이 솟았다.

딸칵!

"그래서 정우는 지금 서 선생님 집으로 간 거에요?"

인혁이 캔커피를 따서 마시며 지나가듯 물었다.

"예. 근데 또 막상 보내고 나니까 괜한 짓을 한 건 아닌가 모르겠네요. 사실 아까 정우가 찾아와서 찾아가본다고 얘기했을 때 다행이라는 생각이 들었었거든요. 어쩔 수가 없었어요. 걱정은 되고 업무 마치면 저녁 8시가 넘고. 전화도 안 받지 그렇다고 늦은 시간에 찾아가기도 뭐하기도 하고."

이경철은 식은 자판기 커피를 입 안에 쏟아 넣고 일어났다.

필터까지 태운 담배는 손가락으로 재를 털어내고 재떨이 안에 던져 넣었다. 1회용 종이컵을 구겨 쓰레기통에 넣으면서 인혁에게 인사했다.

"먼저 나가보겠습니다. 할 일이 좀 밀려서. 커피 잘 마실게요. 조심히 퇴근하세요."

"별말씀을. 수고하십시오."

인혁이 하얀 이를 보이며 웃었다.

휴게실에 체육 부장을 남겨놓고 나오면서 이경철은 얼굴을 꽉 찌푸렸다.

엮여있는 줄이 많아서 함부로 나설 수가 없다.

정우 말대로라면 체육 부장은 일을 크게 벌였다.

설마 어제 무슨 짓을 저지른 거 아냐 이거?

머릿속으로 그림 몇 개가 스쳐 지나간다.

별에 별 생각이 다 들었다.

이경철은 오한이 오르는 듯 몸을 떨었다.

진실이 어떻든 간에 조만간 큰 폭탄 하나가 떨어질 것 같았다.

막을 수도 피할 수도 없는 상황이다.

입에서 절로 욕이 흘러 나왔다.

◇◇◇

정우는 빌라 건물을 올려다보았다.

거실에 불이 들어와 있는 게 보였다.

주소대로라면 여기가 맞았다.

유리문을 열고 건물 안으로 들어가 3층으로 올라갔다.

302호 현관 앞에 서자마자 초인종을 눌렀다.

꽤 오랫동안 기다렸지만 인터폰에서 서채아의 목소리는

들려오질 않았고 출입문도 열리지 않았다.

팔짱을 끼고 한 5분 동안 기다렸지만 돌아오는 건 침묵 뿐이었다.

집에 없는 건가.

그러고 보니 혼자 있기 보단 누구와 함께 있을 가능성이 높겠다는 생각이 들었다. 몸을 돌려 계단을 반쯤 내려올 때, 등 뒤로 찰칵 소리가 났다.

정우가 뒤로 고개를 돌렸다.

작게 열린 문틈 사이로 수척한 얼굴의 채아가 보였다.

"어? 계셨어요?"

"응. 혼자야?"

채아가 조심스럽게 물었다.

"네."

채아가 긴장이 풀리는 듯 조금 안도하는 얼굴을 했다.

"여긴 어떻게 알고 왔어?"

"이경철 선생님이 인사기록부 보고 가르쳐줬어요."

"그랬구나. 미안해 괜히 나 때문에 여기까지 오게 만들고."

"아니에요."

"들어와."

정우가 현관 앞에 다다랐을 때, 채아가 화들짝 놀란 얼굴로 손바닥을 내밀어 보였다.

"아참. 맞다. 잠깐! 1분만."

문이 닫혔다.

잠시 후, 문이 다시 열렸을 때 채아는 호흡이 빨라져 있었다.

"들어오세요."

채아가 애교스러운 얼굴로 웃으며 문을 활짝 열었다.

"실례합니다."

오피스텔 안으로 들어왔다.

신발을 벗고 안으로 들어서자마자 좋은 냄새가 났다.

방금 전 뭔가를 급히 치운 것 같기는 했지만 대체로 집은 깔끔했다.

주로 화이트와 베이지색을 좋아하는 듯 집은 귀여운 물건들과 밝은 느낌의 가구와 물건들이 곳곳에 베여 있었다. 습관적으로 집 구조를 파악하는 사이 서채아가 작은 상을 가져왔다.

"봐서 알겠지만 식탁이 없거든. 잠깐만 기다려. 좋은 게 있어."

채아는 주방에 가서 다기함을 가지고 왔다.

작은 상 위로 다기 세트를 하나씩 올라왔다.

광이 번쩍 나는 게 새것처럼 보였다.

"산 지 세 달 이나 된 건데, 늘 신주단지 모시듯이 품고만 있고 대접해보는 건 처음이네. 나 친구들 집으로 부르

212

는 거 보단 친구들 집에 가는 게 더 편하거든. 우리 집에
오면 치워야 되고 이것저것 귀찮은 일들이 많아져버려서."

채아가 주방으로 돌아가 물을 끓이면서 말했다.

정우는 다도를 준비하는 그녀를 보면서 많이 지쳐있다
는 걸 알 수 있었다.

애써 밝은 얼굴을 하려고 하지만 감춰지지 않는 그림자
가 있다.

초췌한 얼굴을 보니 끔찍한 하루를 보낸 것 같았다.

"괜찮을 거야. 한 번 마셔봐."

채아가 차를 따라 주었다.

손이 떨려서 잔 옆으로 물이 새었다.

정우 바지에 물이 튀자 채아가 깜짝 놀라며 주전자를 들
었다.

"미안. 안 뜨거워?"

"괜찮아요. 별로 쏟지도 않았는데요 뭘."

"잠깐만."

채아가 허겁지겁 일어나서 물수건을 가져왔다.

"자 이거."

"감사합니다."

물수건을 받아 무릎을 닦았다.

"첫 손님이라 긴장했나. 나 원래 순서도 정확하고 자세
도 정갈하다는 소리 많이 들었었는데."

정우가 웃으며 채아를 보았다.

"예쁜 취미네요."

채아의 뺨에 살짝 홍조가 올랐다.

"주세요 제가 할 게요."

"아 그럴래?"

정우는 채아에게 주전자를 받아 무릎을 꿇고 흔들림 없이 차를 따랐다. 정우와 채아의 두 잔에 맑은 빛깔을 내보이며 차가 채워졌다.

"잘 하네? 배운 적 있어?"

"아니요."

"대단하다. 꼭 10년 이상 다도를 해온 사람처럼 자연스러워."

머릿속이 찌릿했다.

도자기와 흰색 저고리를 입은 노인의 몸.

다기가 보였다.

통증이 짧게 머리를 치고 지나갔다.

짧게 떠오른 장면만큼 통증도 길진 않았다.

이마를 붙잡는 정우를 보고 채아가 놀란 얼굴로 팔을 잡았다.

"어디 아파?"

"아니에요. 두통이 잠깐."

"기다려. 집에 아마 두통약이 있을 거야."

"괜찮아요 선생님. 정말 괜찮아요."

채아가 반쯤 일어섰다가 다시 자리에 앉았다.

"진짜 괜찮은 거 맞아?"

"네. 저보다 선생님이 몸이 좀 안 좋아 보이는데. 선생님이야말로 괜찮으세요?"

"나 얼굴 부었지?"

"얼굴은 모르겠는데 눈은 좀 부었네요. 울었어요?"

채아가 부끄러운 듯 손으로 얼굴을 가렸다.

"센스가 없냐. 이럴 땐 모르는 척 넘어가는 거야."

채아가 얼굴을 매만지면서 빙긋 웃었다.

"아참. 교무실 난리도 아니지?" 라고 하면서 채아는 눈치를 보는 얼굴로 정우를 보며 차를 마셨다.

"교감 선생님이 좀⋯."

채아가 천진난만하게 웃었다.

"그랬겠지."

"내일도 안 나오실 거예요?"

채아가 희미하게 웃으며 고개를 가로 저었다.

"갈 거야. 몸이 너무 안 좋았다고 하면 어떻게 넘어갈 수 있지 않을까?"

"잔소리는 각오 하셔야 겠지만요."

"응."

채아가 아이처럼 웃었다.

마치 지금 이 한순간만이라도 모든 것을 잊고 싶어하는 것처럼 보였다.

비밀을 알고 있어서일까.

정우의 눈에 채아는 그렇게 보였다.

안간힘을 다해 애를 쓰고 있는 것처럼.

"담임 선생님한테는 제가 미리 얘기해놓을게요.. 몸이 많이 안 좋았던 것 같다고."

"고마워."

정우는 차를 마저 마시고 잔을 내려놓을 때, 채아가 작게 웃었다.

"다행이다."

"뭐가요?"

"이렇게 찾아와 주는 사람이 있어서. 사실 좀 무서웠거든. 혼자 있기."

"친구들은요."

"다 약속 있대."

"밥은요. 밥 먹었어요?"

"왜 만들어주게."

"죽 정도는 만들 수 있죠."

"정말? 요리도 할 줄 알아?"

"그럼요."

정우가 셔츠 소매를 걷으며 일어나 다기함을 들고 주방

으로 갔다.

"내가 치워도 되는데."

"앉아 있어요."

채아는 정우를 흐뭇한 시선으로 보며 고개를 한 쪽으로 기울이며 미소 지었다.

"상냥하네. 정우는."

"제가요?"

정우가 물을 틀고 설거지를 하면서 대답했다.

"응. 분명."

"그런가."

정우가 모르겠다는 얼굴로 웃으며 고개를 갸웃 거렸다.

"여자친구가 생기면 아마 엄청 잘해줄 것 같아. 여자친구 없어?"

"아마 없을 걸요."

"아마는 뭐야?"

"말씀 드렸었잖아요. 기억상실증에 걸렸었다고. 벌써 잊어 먹은 거예요?"

"아 맞다."

채아가 손가락을 깨물며 얼굴을 찌푸렸다.

"선생님은요?"

정우는 질문을 던지고 냉장고를 열어서 야채를 꺼냈다.

"내가 제일 싫어하는 질문."

"아 죄송합니다."

"아니야."

채아가 웃으며 고개를 저었다.

"있으면 얼마나 좋을까. 있었으면 좋겠다. 남자친구. 언제 어디서든 지켜줄 수 있는."

채아의 표정에 복잡한 감정이 스며들었다.

"남자친구가 뭐지 먹는 건가?"

채아가 천장을 보며 중얼 거렸다.

"네?"

"농담이야. 농담."

채아가 환하게 웃었다.

웃음을 주고받는 사이 죽이 완성 됐다.

"우와. 잘 먹겠습니다. 밥 맛 없었는데 만들어줘서 그런가 식욕이 확 당기네."

"많이 드세요."

죽을 한 숟가락 먹은 채아는 눈을 커다랗게 뜨며 엄지를 치켜 들었다.

정우가 만족한 얼굴로 고개를 끄덕였다.

"대성공이네요."

"짱이다. 요리 완전 잘하네."

"죽이 무슨 요리에요."

"요리지. 죽집 전문 체인점도 얼마나 많은데."

"알았어요. 천천히 먹어요."

"너도 먹을래?"

정우가 고민하는 표정으로 미간을 찌푸렸다.

그 얼굴을 보고 채아가 픕 하고 웃음을 터트렸다.

"왜 그래요?"

"죽 하나 먹는 거 가지고 뭘 그렇게 진지하게 고민하나 싶어서."

"그게 그렇게 재밌어요?"

"응."

채아는 겨우 웃음을 참고 물을 마셨다.

"안 먹어? 같이 먹자. 혼자 먹기 좀 그래서 그래."

"실은 저도 점심을 안 먹어서. 그럼 좀 뺏어 먹을 게요."

"정말? 내가 다른 거 만들어 줄게 그럼."

"아니에요. 그냥 이거 먹죠. 많은데."

정우도 숟가락과 그릇을 가져와 죽을 먹었다.

적절한 간에 달달함까지 생각한 맛이다.

"네가 만든 거 먹고 감탄하는 거야?"

채아가 재밌다는 듯이 웃으며 물었다.

"죄송합니다. 이건 인정할 수 밖……."

채아가 입을 가리며 웃음을 터트렸다.

웃는 채아를 보고 정우도 엷게 웃었다.

식사를 마치고 채아가 같이 영화를 보자며 졸랐다.

그녀는 DVD로 코미디 영화를 틀었다.

채아는 어깨와 팔을 때리며 웃었고 영화가 끝나갈 갈 때쯤엔 눈꺼풀이 반쯤 감기고 있었다.

엔딩 크레딧이 올라갈 때 그녀의 머리가 정우의 어깨에 걸쳐졌다.

정우는 그녀를 안아 올려 침대에 눕혔다.

그동안 잠을 못 잤던 건지 깊이 잠들어 있었다.

정우는 이불을 덮어주다가 채아의 얼굴을 보았다.

흘러내린 눈물이 베게를 적시고 있었다.

◇◇◇

정우는 지나가면서 본 장소를 떠올려 빠른 걸음으로 공원을 나와 두 블록을 지났다. 사거리에서 우측으로 빠지자마자 나타난 공중전화 부스 안으로 들어가 주머니에서 동전을 꺼냈다.

정우는 공중전화기를 보며 손으로 동전을 만지작거렸다.

잠깐의 생각 끝에 수화기를 들었다.

번호를 눌렀다.

신호음이 가는 소리가 얼마 가기도 전에 전화를 받았다.

— 여보세요.

인혁의 굵직한 목소리가 들린다.

정우는 수화기를 공중전화 몸통 위에 올려놓고 부스에서 나왔다.

– 여보세요.

– 여보세요? 말씀을 하세요.

수화기 너머의 인혁의 목소리를 들으며 정우는 눈을 질끈 감았다.

"접니다."

– 접니다 하면 누군지 어떻게 알아. 당신 누구야.

"정우에요 저."

– 이정우? 웬일이야. 이 시간에.

"저 다 들었습니다."

– 뭐? 갑자기 전화해서 뭐라고 하는 거야. 들었다니 뭘?

인혁의 언성이 살짝 올라갔다.

"채아 선생님을 협박하는 얘기. 들었습니다 저."

수화기에서 잠깐 대답이 들려오지 않았다. 그리고 잠시 후 코웃음 소리가 들렸다.

– 뭐? 내가 서선생을 협박해? 나 진짜 이거 어이가 없어서 웃음 밖에 안 나오네.

"더 이상 건드리지 마세요."

– 야 이 개새끼야!

인혁이 배에 힘을 잔뜩 주고 소리를 질렀다.

– 너 씨발 진짜 나한테 죽고 싶어? 어?! 이 새끼가 겁대가리를 상실했나. 야 너 감히 선생님한테 전화해서 뭐하는 짓이야? 학교에서 애들 몇 명 뚜드려 패니까 나까지 우스워 보여? 그래?!

"얘기했어."

정우가 찍어누르는 듯한 목소리로 말했다.

– ……

"이건 부탁이 아니야. 만약 이 이상 선을 넘는다면 그 땐 늦어."

– 이 개새끼가 보자보자 하니까. 앞뒤 정황도 잘 안 살펴보고 날 그냥 범인 취급한다 이거지! 좋아 그래. 해봐. 뭐? 후회해? 뭘 어떻게 할 건데 이 새끼야. 날 죽이기라도 할 거야? 어?

인혁이 흥분한 목소리로 빠르게 말을 감정적으로 쏟아냈다.

"얘기했어 난."

– 너 어디야. 만나자. 내가 그쪽으로 갈 테니까.

"분명히 말했다 난."

– 야 이정우. 이정우!

공중전화를 끊었다.

거리로 나와 걸으면서 주먹을 꽉 말아 쥐었다. 정우는 자신의 주먹을 보았다. 꽉 말아쥔 주먹을 서서히 폈다. 손을 쫙 펴 왼쪽 가슴에 얹었다.

심장이 뛰고 있다.

천천히.

언제나처럼 평균적으로 일정하게.

피가 뜨겁게 회전하지만, 어째서 심장은 그대로일까.

늘 이성보다 몸이 먼저 반응하는 주제에.

어째서 심장은 이렇게 침착하게 뛰고 있는 거냐.

결코 평범하지 않아.

김주호 사건 때도.

그녀의 어머니를 만났을 때도.

두렵다.

어떠한 상황 속에서도 흔들리지 않는 자신이.

그것은 마치 평범한 세상에서는 만날 수 없는, 어떠한 거대한 비밀의 문 앞에 서 있는 기분이었다.

통제하지 않는다면, 제어하지 않는다면 알고 싶지 않은 진실을 마주할 것만 같은 공포.

언젠가는 균열을 일으키며 기억 속에 존재하는 저 너머의 진실이 찾아올지도 모른다.

물론 섣부른 추측.

말도 안 되는 상상일 수도 있다.

서두를 필요 없다.

진실이 존재한다면, 자신이 모르는 운명이 존재한다면

언젠간 마주하게 되겠지.

아버지와 어머니의 얼굴이 떠올랐다.

가족.

두려움은 지켜야만 하는 것에서부터 시작 되었다.

지킬 자신은 있다.

다만 평범하고 싶다.

어느 누구도 다치지 않는, 평범한 일상을 살아가야만 한다

현재 자신의 몸은 그렇게 이야기 하고 있다.

마치 본능적으로 울부짖는 듯이.

정우는 앞을 향해 발을 디뎠고 이내 빠른 걸음으로 거리를 벗어났다.

◆◆◆

"뭐야. 이 새끼가 어떻게 알았지? 그 때. 신발 찾으러 왔을 때 들었나? 그래. 그 때 들었구나. 그 때 들은 거였어."

감정이 폭발적으로 치솟아 올랐다.

양주가 들어있는 술잔을 집어 던졌다.

잔이 깨지면서 파편이 사방으로 깨져 나갔다.

인혁은 전신 거울에 비친 자신의 모습을 보았다.

잔뜩 일그러져 있는 얼굴이 비춰져 보였다.

꼴 보기 싫다.

이런 답답한 상황 속에 있는 거울 속의 저 얼굴이 못 견디게 짜증났다.

술병을 들고 소리를 지르며 거울을 향해 집어 던졌다.

병이 깨지면서 액체가 쏟아졌다.

거울은 거미줄처럼 금이 갔다.

깨진 거울에 피가 흐르고 있는 인혁의 이마가 비춰졌다.

인혁은 뺨을 타고 흐르는 피를 느끼다가 얼굴을 부르르 떨며 발악하듯 소리를 질렀다.

NEO MODERN FANTASY STORY & ADVENTURE

제 6 화

균열

제 6 화
균열

I

채아는 거울을 보며 출근 준비를 했다.

어머니에게서 전화가 왔다.

체육 부장으로 오해했던 사람은 택배사 직원이 맞았다.
택배 회사에 전화해 어제 오전에 어머니가 보낸 김치를 다
시 받았다.

괜한 오해로 불안감에 시달렸던 게 억울했다.

채아는 오피스텔을 나서면서 이제 더 이상 물러서지 않
겠다고 각오를 다졌다.

채아는 어떻게든 잃어버린 길을 찾기 위해 노력해볼 생

각이었다.

도로로 나와 택시를 잡았다.

수리를 맡긴 차를 찾기 까지는 내일까지 하루가 남았다. 학교에서 잘리면 차도 팔아야할텐데.

방금 전까지 부딪쳐 볼 생각이었는데 한 순간에 무너지는 기분이 든다. 채아는 학교가 악마의 소굴처럼 느껴졌다. 모두가 한통속이라는 생각에 택시가 학교와 가까워질수록 가슴이 졸아들었다.

자꾸만 안 좋은 생각밖에 떠오르지 않아서 다른 쪽으로 생각을 돌렸다. 뭐가 좋을까 싶다가 정우가 떠올랐다. 얼굴에 피가 몰린다.

덕분에 긴장이 좀 풀렸다.

긴장이 풀리자 생각을 다시 정리할 시간도 있었다.

짜식 인사도 없이 언제 간 거야.

근데 날 좋아하나? 출근을 안 했다고 해서 집으로까지 찾아오다니. 그러고보니 좀 과감하잖아.

미쳤어 서채아.

정신 차려.

지금은 그런 생각을 할 때 가 아니야.

네 앞가림을 하라고.

점점 뚜렷하게 보이기 시작하는 학교 건물을 보자 기합을 넣었다가도 금세 기가 죽었다.

가뜩이나 찍혀 있는 마당이다.

교감은 침을 튀기며 한 소리하겠지.

징계를 받으려나.

"들어가실 거예요?"

택시 운전사가 물었다.

"아니요. 여기 횡단보도 앞에 세워 주세요."

차를 세우고 요금을 치른 뒤, 밖으로 내렸다.

하늘이 어둑했다.

일기예보를 보고 나오지 않아서 우산이 없어서 조금 염려스러운 마음에 빠르게 학교로 들어갔다. 차타고 들어갈걸 그랬어.

"안녕하세요."

여학생들이 인사를 해왔다.

"응 안녕."

등교하는 아이들과 인사를 하며 학교에 들어섰다.

교무실로 향하는 발걸음이 무겁다.

주먹을 꽉 쥐고 교무실 문을 열었다. 들어가자마자 체육부장과 눈이 마주쳤다. 무슨 일이 있었는지 이마에 반창고가 붙어 있었다.

마주치면 무서울 줄 알았는데 막상 얼굴을 보자 두려움보다는 짜증과 화가 났다.

채아는 무시하면서 교감에게로 갔다.

"서선생. 어제 왜 출근 안 했어요?"

교감이 보고 있던 신문을 내리면서 물었다.

"몸이 너무 아파서요."

"쯔쯧. 아무리 아팠어도 학교에 연락은 해줬어야지."

"죄송합니다."

"뭐 처음이고 하니까. 앞으로는 그런 실수 없도록 해요."

꽤 세게 다그칠 줄 알았는데 의외로 가볍게 넘어간다.

왜지?

기분이 좋다기 보다 오히려 불안감이 들었다.

교장 눈치를 보며 체육 부장을 밀어주기 위해 한통속으로 굴러다니는 교무실이다. 버틸 수 있을까.

"걱정했었어요. 무슨 일 있는 건 아닌가 하고."

"아직도 얼굴이 안 좋네. 병원은 갔다 왔어?"

몇몇 선생들이 다가와 사정을 물었다.

채아는 신경 쓰이게 해서 죄송하다고 사과하고 교무실을 나섰다.

권력 앞에 악마의 조력자가 된 그들과 말을 섞고 싶지 않았다.

혼자가 돼도 괜찮아.

어차피 혼자였으니까.

어울리기 힘들었던 이유가 있었던 거야.

모두 가면이야.

자신의 이익을 위해서라면 남이 어떻게 되든 상관하지 않는 잔인한 사람들!

채아는 보건실로 가면서 어깨에 맨 가방을 매만졌다.

혹시 모를 사태를 대비해 전기충격기와 호신용 스프레이를 샀다. 몸에 근육통이 생길 정도로 수 없이 연습했다. 용산에 들려 가방에 구멍을 뚫어 몰래 촬영할 수 있는 소형 카메라도 달았다. 버튼 한 번이면 녹화가 가능하게 준비해두었다.

이대로 당하고만 있지 않을 거야.

어디 한 번 덤벼봐 이 변태 자식.

채아는 아랫입술을 질끈 깨물며 배에 힘을 넣었다.

◇◇◇

"자 나머진 다 들어가고 정우는 잠깐 체육부 사무실로 들어와라. 얘기 좀 하게."

"무슨 일이야?"

김주호만이 정우 옆으로 절뚝거리며 다가와 물었다.

"글쎄."

정우는 간단하게 대답한 뒤, 먼저 들어간 체육부 사무실에 노크를 한 뒤, 들어갔다.

"앉아라."

체육 부장 인혁이 소파를 가리켰다.

정우가 앉고 나서 인혁은 열어둔 창문을 닫고, 정우와 마주보고 앉았다.

"어제는 미안했다. 당황한 탓인지 내가 좀 흥분 했던 것 같에. 전처랑 이혼하고 나서 내가 많이 외로웠나봐."

인혁은 힘없이 웃었다.

"순간 미친 거지. 어디라도 기대고 싶었나봐. 앞으로 서 선생님에 대한 마음은 접을 생각이다. 사실 너한테 이런 말 하기 전부터 이미 마음은 정리한 상태였어. 그냥 마음을 안 받아주니까 화가 나서 그렇게 확 내질러버린 거지. 사실 나도 말은 그렇게 했었지만 정말 그럴 생각은 없었어. 상식적으로 말이 안 돼잖아. 고작 부장이 교장을 등에 업고 교권을 이용해서 협박할 주제가 되겠어. 안 그래? 그러니까 너도 앞으론 신경 쓰지 말고 학업에 열중해."

"보건 선생님에겐."

"아 서선생한텐 내가 따로 사과할 생각이야. 아주 정중하게."

"마음 정리해주셔서 감사합니다."

"다른 누구한테…. 말하진 않았지?"

인혁이 눈치를 보며 물었다.

"예."

정우의 대답에 인혁이 웃음을 보였다.

"그래 나가봐. 밥 맛있게 먹어라."

정우는 목례로 인사하고 사무실을 나왔다.

강당 출입구를 나오자 입구 앞에 서 있는 김주호가 보였
다. 정우가 나타나자 김주호가 기대고 있던 자세를 바로
잡았다.

"깍두기랑은 무슨 얘기했냐?"

"깍두기?"

"체육 부장의 별명이 깍두기잖아. 몰랐어?"

정우는 고개를 저었다.

"별 거 아니야."

"뭔 데 그래."

"운동 얘기로 귀찮게 해서 거절하고 나오는 거야."

"또냐? 징하다 징해. 너 이번 주 주말에 뭐하냐. 할 거
없으면 같이 놀러가자. 이번에……."

"싫다."

김주호가 투덜거리는 사이 정우는 생각했다.

더 이상 서선생을 건드리지 않겠다는 체육 부장의 약속.

사실일까?

정우는 하늘을 올려다 보았다.

먹구름이 드리우고 있었다.

점심시간을 알리는 종소리가 들리자마자 채아는 바짝 얼어붙었다.

한 시라도 빨리 문제를 해결하고 싶었다.

체육 부장이 찾아오면 카메라를 키고, 도발을 할 생각이다. 어떻게 해서든 증거를 잡아야만 한다. 시간이 길어질수록 위험해져.

도시락을 가져오긴 했지만 배고픔 같은 건 전혀 느껴지지 않았다. 극도의 긴장감이 몸을 완전히 장악하고 있었다. 느긋하게 점심 식사를 했던 때가 그리웠다.

그 때가 얼마나 행복한 것인지, 불행을 겪기 전까진 모를 일이었다.

채아는 시계를 보면서 일어났다.

다리가 후들거린다.

떨리는 손으로 카메라를 켜두었다.

가방을 안전하고 앵글이 잘 잡힐 수 있는 각도에 두고 자리에 앉았다.

왠지 안전장치가 있다는 생각에 마음이 조금 놓였다가도 다시 긴장감이 훅 하고 올라왔다.

채아는 가방에서 전기 충격기와 호신용 스프레이를 꺼내 언제라도 사용할 수 있도록 가운 주머니 양 쪽에 하나씩 넣어 두었다.

너무 긴장해서인지 목이 뻐근했다.

손으로 뒷목을 주무를 때, 복도를 울리는 구두 소리가 점차 커지고 있는 게 들려왔다.

　　오는 건가?

　　몸에 힘이 잔뜩 들어갔다.

　　똑똑!

　　노크에 이어 곧장 문이 열렸다.

　　달칵!

　　"잠깐 들어가도 돼?"

　　물리선생 진아가 고개를 빼꼼 들이밀며 물었다.

　　가슴 속이 서늘했다가 안정을 찾았다.

　　"들어오세요."

　　"몸은 좀 어때? 어머 땀 흘리는 거 좀 봐."

　　진아가 손수건을 꺼내 땀을 닦아 주었다.

　　"밥 먹었어?"

　　"아니요 생각이 없어서요."

　　"속이 안 좋나보네. 학교에서 죽을 만들 수도 없고. 아니다 내가 매점 식당에 가서 한 번 물어볼까?"

　　"아니요 괜찮아요 정말."

　　"어쩜 아파서 다 죽어가는데도 채아씨는 얼굴이 이렇게 고울까. 조막만한 얼굴이 꼭 인형같네."

　　채아는 작게 웃어 보였다.

　　"선생님은 식사 하셨어요?"

"아니 아직. 실은 정부장이 자기한테 이거 좀 가져다 주라고 해서 들렸어."

"이게 뭐에요?"

진아가 보여준 건 작은 나무 상자였다.

"정부장 아는 동생이 건강 식품 사업을 하나 시작했거든. 친구 물건 좀 팔아준답시고 샀나봐. 근데 이게 여자한테 그렇게 좋다네? 자기가 쓰긴 뭐해서 가지고 와봤다면서 교무실에서 나눠줬거든. 그래서 자기도 줄려고 내가 하나 챙겨 왔지."

진아가 방글 방글 웃는 얼굴로 말했다.

"전 괜찮아요."

채아의 거절에 진아가 입을 비죽 내밀었다.

"그렇게 부담스러워하지 않아도 돼. 어차피 쓸 데 없어서 나눠주는 건데 뭘."

교장을 제외하고 교권을 실질적으로 장악하고 있는 것은 체육 부장이다.

모두들 눈 밖에 나지 않으려고 사력을 다하고 있다. 연결 다리가 되어 달라는 체육 부장의 명령에 하나같이 잔인하리 만큼 깊은 충성도를 보이고 있다.

어느 하나 힘이 되어줄 사람도 보이질 않고, 앞으로의 미래도 보이질 않는다.

눈 앞에 있는 진아가 끔찍하게 보였다.

채아는 카메라를 달아놓은 가방을 돌아보았다.

이게 대체 뭐하는 짓인지.

왜 이런 일이 생기는 거야.

학교를 나간다고 해서 인생이 끝장나지는 않아.

하늘이 무너져도 솟아날 구멍은 있다잖아.

자퇴서를 낼까?

진흙탕 속에서 몸부림을 치는 가치 없는 삶을 살고 싶지는 않아….

하지만…….

부모님의 얼굴이 떠올랐다.

채아는 가슴에 바위를 얹은 기분이었다.

"저기 채아씨. 그리고 체육 부장님이 시간 되면 사무실로 좀 들리라던데. 뭐 사과할 게 있다면서. 부장님 뭐 실수한 거 있어?"

"사과요?"

"응."

생각을 바꾼 건가?

그래. 제가 아무리 교장이 친척이라도 날 잘라내는 것까지 마음대로 할 수는 없어.

내가 경찰에 신고할까봐 무서워졌나?

만약 사과한다면 앞으로 관계가 조금 찜찜하긴 하지만 큰 탈은 없을 것이다.

최대한 마주치치 않으면 되니까.

그가 사과를 하는 것이 문제를 해결하는 데 가장 효과적인 답안이다.

"확실히 사과하겠대요? 확실해요?"

채아가 재차 물었다.

"그렇다니까."

정부장님 지금 어딨어요?"

채아가 상자를 들고 일어나면서 물었다.

"그래 가서 인사라도 해. 잘 먹겠다고. 알아보니까 엄청 비싼 거더라 이거. 지금 강당 사무실에 있을 거야 아마."

진아가 눈웃음을 지으며 말했다.

마치 잘해보라는 눈빛으로.

채아는 보건실을 나왔다.

막상 강당 앞에 도착하니 발이 떨어지질 않았다.

그가 사과하겠다고는 했지만 전처럼 긴장이 놓이질 않았다.

하늘이 서두르라고 도와주기라도 하는 걸까.

얼굴에 빗방울이 떨어졌다.

빗줄기가 조금씩 굵어지기 시작했다.

채아는 혹시 몰라 주머니 속에 전기 충격기와 스프레이를 다시 한 번 점검한 뒤, 휴대폰에 녹음기능을 켰다.

빨간 불이 들어오는 걸 확인한 후 채아는 상자를 들고

강당 안으로 들어갔다.

강당에 하이힐이 바닥을 때리는 소리가 커다랗게 울렸다.

채아는 강당을 가로 질러 강당 내에 있는 사무실 문을 벌컥 열어 젖혔다.

셔츠 소매를 걷어부치고 청소를 하던 체육 부장 인혁이 채아를 보고 슬쩍 웃었다.

"마음에 들어요? 그게 여자들 스태미너에 그렇게 좋다던데."

채아는 불안감이 올라왔다.

스태미너라니.

그는 사과할 사람의 태도로 보기엔 영 거북한 모습이었다.

채아는 상자를 소파 앞 유리 테이블 위에 올려놓았다‥.

"하실 말씀이 있으시다구요."

"빗소리 좋죠?"

인혁이 창문 밖을 보며 말했다.

강당에 들어온 새에 빗줄기가 굵어졌다.

"하실 말씀 있으신 거 아니었어요?"

인혁이 손에 묻어있는 먼지를 털며 고개를 끄덕였다.

"네. 할 말 있죠. 채아씨. 그거 알아요? 불감증인 사람도 이것만 먹으면 온 몸이 성감대로 변한다네요."

인혁이 입을 길게 늘어트리며 웃었다.

"이 변태 자식……!"

채아가 상자를 들어 인혁에게 집어 던졌다.

상자 안에 들어있는 건강식품이 인혁의 몸에 맞고 바닥
에 떨어지면서 사방으로 쏟아졌다.

인혁이 채아를 보며 눈썹을 꼬았다.

"뭐하는 짓이에요?"

인혁이 채아를 노려보며 낮게 깔린 소리로 말했다.

채아는 명치 부분이 뜨거워졌다.

극도의 긴장감에 이어 감정적 흥분이 치솟아 올랐다.

"뭐하는 짓? 교장을 등에 업고 날 협박한 당신이 할 소
리는 아닌 것 같은데."

"어제는 왜 학교에 안 나왔어요? 걱정했었는데."

인혁이 능글맞게 미소를 지으며 소파에 앉았다.

속에서 주먹만한 게 울컥 치솟아 올랐다.

"멀쩡한 직장에 사지도 멀쩡하면서 넌 왜 그렇게 찌질
하니?

인혁의 뺨이 씰룩 올라갔다.

감정이 상한 듯 그의 눈이 어두워졌다.

"말씀이 심하시네요 서 선생님. 서운하게시리."

"네가 원하는 게 내 몸이야?"

인혁이 비릿하게 웃었다.

"넌 내가 너 같은 찌질이가 하는 협박에 넘어갈 것 같아 보여? 더러운 이유를 만들어 붙여서 날 쫓아내겠다고? 어디 한 번 해봐. 내가 겁 먹고 너한테 몸이라도 내줄 줄 알았어?"

인혁이 눈살을 찌푸리며 웃었다.

"대체 무슨 소리를 하는 건지…."

인혁이 소파에서 몸을 일으켰다.

가까이 걸어오자 겁이 덜컥 났다.

"너 같은 거 하나도 겁 안 나니까. 어디 네 마음대로 해봐."

채아가 출입문을 돌아볼 때, 인혁이 그녀에게 달려들었다. 손으로 양 팔을 움켜잡고 벽으로 밀어 붙였다.

"점심시간엔 강당을 이용하지 못하게 해놔서 들어올 애들이 없어요. 당분간 방해받고 싶지 않다고 강당 사무실로 찾아오지 말라고 교무실에 얘기를 돌려놨죠."

채아가 버둥거렸지만 근육질의 완력을 벗어날 수가 없었다.

"요즘 집안 사정이 영 좋지 않은 것 같던데. 누가 스폰이라도 서준답니까? 갑자기 왜 이렇게 과감해졌어. 실은 너도 날 원하고 있는 거지? 이 앙큼한 여자야."

인혁이 주먹으로 채아의 복부를 때렸다.

"악!"

채아가 짧고 굵은 신음을 흘리며 배를 붙잡고 바닥에 스스륵 주저앉았다. 인혁은 채아의 주머니를 뒤졌다. 그의 손에 전기 충격기와 스프레이. 그리고 휴대폰이 달려나왔다.

인혁은 웃음을 터트리며 물건을 손에 챙겨든 뒤, 사물함 하나를 열어 전기 충격기와 스프레이를 던져 넣었다.

휴대폰에 저장되어있는 녹음을 모두 삭제하고, 휴대폰 밧데리를 분리했다.

인혁은 벌겋게 달아오른 얼굴로 셔츠 단추를 풀면서 출입구 쪽으로 기어가고 있는 채아를 보며 입맛을 다셨다.

"이정우. 너도 곧 처리해줄테니까. 조금만 기다리고 있으라고."

채아가 문 앞에서 바들거리는 손을 뻗었다.

인혁이 걸음을 옮겨 체육 사무실 문을 닫았다.

찰칵-

문이 잠기는 소리를 듣고 채아는 흠칫 몸을 떨며 인혁을 올려다 보았다.

고통에 섞인 채, 두려움에 질린 채아의 눈에서 눈물이 흘러 내렸다.

인혁은 시계를 확인했다.

점심 시간이 끝나려면 30분이 남았다.

"충분해."

인혁이 작게 중얼 거리며 남은 단추를 모두 풀고 셔츠를 확 벗었다. 인혁은 벽에 걸려있는 거울에 비친 자신의 근육 덩어리인 몸을 보면서 눈을 흐리멍텅하게 떴다.

"넌 모든 걸 잃게 될 거고. 넌 날 원하게 될 거야. 네 말대로 난 이 학교에서 신을 등에 업은 사자니까."

인혁은 창가에 놓은 DSLR 카메라 전원을 킨 뒤, 소파에 놓고 채아에게 다가갔다.

무릎을 꿇고 떨고 있는 채아의 뺨을 쓰다듬었다.

"넌 내 영역의 일부여야만 해."

인혁은 채아의 턱을 잡고 감상하듯 그녀의 얼굴을 바라보며 뜨거운 숨을 흘렸다.

◇◇◇

"몸이 안 좋으세요? 보건실은 어쩐 일로."

정우가 보건실에서 문을 열고 나오는 물리 선생 진아를 보고 의아해 하며 물었다.

"아유 깜짝이야. 아니 난 뭐 좀 전해줄 게 있어서."

"보건 선생님 안에 계세요?"

진아가 눈을 가느다랗게 떴다.

"너 어디 아픈데 없지?"

"네."

"이럴 줄 알았어. 넌 아픈데도 없으면서 보건실은 왜 와. 보건 선생님 출근했는지 그거 확인하려고 찾아왔어? 하여튼 하라는 공부는 안 하고 여선생님 뒤꽁무니나 쫓아 다니고. 야 이 한심한 녀석아 넌 커서 뭐가 되려고 그래? 그러고 보면 서 선생님도 그래. 남학생들 있는 거 뻔히 알 면서 평소에 그렇게나 짧은 미니스커트나 입고 말이야. 남 자 친구 없어서 욕구 푸는 거야 뭐야. 결혼하고 애 낳으면 어차피 저도 쭈글쭈글 해질 거면서."

진아가 혼잣말을 하다가 뒤늦게 정우를 인식하고 헛기 침을 했다. 이어 그녀는 정우를 꼴사납다는 듯이 보며 혀 를 찼다.

"너 이제 고3이야. 정신 차리고 공부 해. 이번에 내가 교 감 선생님한테 말씀 드릴 거야. 이런저런 핑계 대고 서선 생 얼굴 한 번 보려고 보건실 기웃거리는 놈들 전부 징계 처리시키자고. 반 평균 떨어트리지 말고 공부해!"

학생들은 그녀를 메두사라고 부른다.

왜 그렇게 피해 다니는지 조금은 알 것 같았다.

"알겠습니다."

"말만 알겠다고 하지 말고. 실천을 하라고 실천을."

"예."

"대답은 잘해요. 근데 손에 들고 있는 건 뭐야?"

"이경철 선생님이 서채아 선생님에게 급하게 넘겨주라

는 파일이 있어서요."

"뭐?"

진아가 당황하는 얼굴로 정우가 들고 있는 파일을 쳐다보았다.

"그, 그 거 때문에 온 거야?"

"네."

"너 서채아 선생님 집에 찾아갔다며! 진짜야?"

"네."

"네가 뭔데 서채아 선생을 걱정해서 거기까지 찾아가찾아가길. 괜히 학교에 이상한 소문 돌잖아."

"무슨 소문이요?"

"말하면 뭐하니. 시간 지나면 산불처럼 커지는 게 소문인데. 어쨌든 학교에 사고 좀 일으키지 마. 만화책 보고 다닐 때는 조용하더니 요즘은 왜 그 모양인지. 쯔쯧. 안에 서채아 선생 없어. 그냥 책상 위에 올려놓고 나와."

"어디 가셨어요? 이경철 선생님이 급한 거라 하셔서요."

진아가 잠시 고민하는 표정을 짓다가 어쩔 수 없다는 손짓했다.

"강당 체육부 사무실. 체육 부장님 만나러 가셨어."

진아가 투덜투덜 거리면서 멀어졌다.

체육 부장을 만나러 가?

왜?

체육 부장은 더 이상 서채아 선생님 문제를 건드리지 않겠다고 약속했지만. 그의 성향을 볼 때 안심할 수 없다. 혹시 모를 사태를 대비해 정우는 황급히 서채아가 있는 강당으로 향했다.

하늘에 구멍이라도 뚫린 듯이 소나기가 내리고 있었다.

정우는 학교 건물을 나와 빗물을 뚫고 강당에 도착했다. 정우는 강당 안으로 들어가자마자 체육부 사무실 앞으로 뛰어갔다.

안에서 물건이 떨어지는 소리가 났다.

정우는 문고리를 잡아 당겼다.

철컥 철컥!

문이 잠겨 있다.

쿵쿵쿵!

정우가 문을 두드리자 사무실 투닥 거리는 소리가 들리던 내부가 조용해지는 것 같았다.

"서채아 선생님!"

정우는 문에 귀를 가져다 댔다.

안에서 작은 신음 소리가 들렸다.

정우는 어금니를 깨물며 온 힘을 다해 발로 문고리 옆을 밀어 찼다. 다행히 나무로 된 문이라 강한 고정력을 갖추고 있지 않아 문고리가 부서지면서 문이 열렸다.

"…선생님."

채아는 셔츠 상의가 벗겨져 브레지어만 차고 있는 차림으로 바닥에 쓰러져 있었다. 정우는 주변을 살폈다. 물건들이 여기저기 널브러져 있었다.

현장에 대한 그림이 머릿속에 자동적으로 그려졌다.

어떤 동선으로 인해 물건들이 널브러졌는지 마치 녹화된 영상처럼 그림이 보였다.

정우는 고개를 들었다.

창문이 비바람을 맞으며 덜렁 거렸다.

창문이 열려 있다.

어른 하나는 충분히 지나갈 수 있을만한 크기다.

정우는 얼른 자켓을 벗어 채아의 상체를 덮어 주었다.

"선생님. 괜찮아요?"

"살려주세요. 살려주세요…."

채아는 턱을 덜덜 떨며 웅크린 몸으로 그렇게 중얼 거리고 있었다.

동공을 살펴봤을 때, 자세히는 모르지만 초점이 맞춰져 있는 걸로 봐선 몸에는 큰 무리가 없지만 정신적 쇼크 상태인 것 같았다.

정우는 채아의 어깨를 잡아 상체를 일으켜 세웠다.

"선생님. 저에요. 정우에요. 저 바봐요. 제 얼굴 보여요?"

채아가 온몸을 벌벌 떨면서 정우의 얼굴을 확인했다.

그녀는 정우를 보고 울음을 터트렸다. 그녀는 등을 들썩이며 대성통곡을 했다. 어깨와 날개쭉지에는 손톱자국이 상처로 선명하게 남아 있었다.

한참을 울다가 지친 채아는 거의 반쯤은 실신한 상태가 됐다.

정우는 창밖을 보았다.

천둥이 쳤다.

비가 억수같이 내렸다.

사무실 구석에 투명한 비밀 우산이 보였다.

"일단 여기서 이러고 있지 말고 보건실로 돌아가요. 우산 가져올게요."

"가지마. 무서워. 제발."

채아가 정우의 소매를 잡고 애원하듯이 말했다.

정우는 팔을 풀고 그녀의 어깨를 잡았다.

"어디 안 가요. 심호흡 한 번 해봐요."

그녀는 울음을 진정시키지 못해 숨을 너무 연달아 마셔 폐가 빠르게 들썩 거렸다. 그녀는 정우가 시키는 데로 진정하기 위해 심호흡을 했다.

정우는 바닥에 구겨져 있는 채아의 셔츠를 주워왔다.

"입어요. 뒤돌아 있을 테니까."

정우가 등을 돌리려고 할 때, 채아가 정신을 잃었다. 긴장이 한 번에 풀리면서 피로감이 몰려와서인 듯 했다.

팔을 뻗어 쓰러져 있는 채아를 껴안았다.

몸이 차갑다.

정우는 채아에게 셔츠를 입힌 뒤, 그녀를 안아 들고 강당을 나왔다.

비가 퍼붓듯이 쏟아져 내리고 있었다.

정우는 학교 건물을 향해 최대한 빠른 속도로 뛰어 들어갔다.

보건실에 도착한 정우는 채아를 침대 위에 눕히고, 수건 하나를 빨아왔다. 젖은 수건으로 그녀의 얼굴을 닦을 때, 수업종이 울렸다.

정우는 채아의 얼굴을 닦아준 뒤, 이불을 덮었다.

휴대폰을 꺼내 담임에게 전화를 걸었다.

"저예요. 선생님. 보건실로 좀 와주세요."

정우는 전화를 끊은 뒤, 채아를 내려다 보았다.

그녀는 악몽을 꾸는듯한 얼굴로 잠들어 있었다.

Ⅱ

"체육부 사무실 안에서 쓰러져 있었다고? 설마….."

이경철이 충격을 먹은 얼굴로 채아를 보았다.

"정황으로 봐선 체육 부장인 것 같습니다."

"이런 미친……!"

이경철이 이를 갈았다.

"너 그 때 들은 거. 정말 확실한 거지?"

이경철이 물었다.

"네."

"그럼 경찰에 신고를 해야……."

"증거불충분으로 풀려날 겁니다."

"그럼 이대로 놔두자고? 신고를 해야 신변 보호라도 받을 거 아니야."

"그럼 담임 선생님이 신고하시죠."

"뭐?"

"전 이만 가보겠습니다. 수업이 시작돼서."

"야 어디가. 네, 네가 신고해야지."

"제가요?"

"그래."

"왜요."

"뭐?"

"왜 제가 신고해야 되냐고 물었습니다."

"그야 네가 목격자니까…."

"현장을 봤을 뿐, 범인의 얼굴은 확인하지 못했습니다."

"누가 봐도 이건 정부장의 짓이잖아. 네가 더 잘 알면서 그래."

"무죄 추정의 원칙. 유죄판결이 확정될 때 까지는 무죄로 추정해야 합니다."

"야 너는 서 선생님 걱정 된다고 할 때는 언제고 이제 와서 뭐야?"

"제가 책임 질 수 없는 일이니까요. 이 문제는 그 누구도 아닌 서채아 선생님의 지극히 개인적인 일입니다."

"그래. 맞는 말이야. 됐어 넌 가봐. 서 선생님 깨어나면 내가 얘기해보고……."

"경찰을 부를 거라고 하면 협조하실 겁니까?"

"그야 당연히…."

"사건이 붉어지면 대령고교의 명예를 떨어트리는 일이 될 거고 그렇게 되면 담임 선생님께선 학교로부터 낙인이 찍히실 겁니다. 눈총을 꽤 받으실 텐데 괜찮으십니까?"

"뭘 어쩌라는 거야 그럼. 누구 놀려?"

정우가 엷게 웃었다.

"아니요. 저는 걱정이 돼서."

"너 시비 거냐 지금?"

"그렇잖아요. 워낙 눈에 보이는 그림이라 담임 선생님도 꽤 곤란해할 것 같았으니까. 뭐 제 말이 불편하시다면 먼저 나가보겠습니다. 그럼."

"잠깐 넌 뭐 좋은 생각 없어?"

"없습니다 그런 거."

"아 뭘 어떻게 해야 되는 거야 이거."

이경철이 머리를 박박 긁다가 정우를 쳐다보았다.

"결국은 서 선생님이 결정해야 될 문제겠네 그럼."

"도와 드릴려구요?"

"안 도우면? 네가 나서게?"

"아니요. 워낙 일이 커져서 저는 이만 손 뗄 생각입니다."

정우가 보건실을 나갈 때 이경철이 따라나섰다.

복도로 나와 앞서 걸어가는 정우 앞을 가로 막았다.

"정우야."

이경철이 정우의 어깨를 잡았다.

"난 퇴근 시간이 늦으니까, 수업 마치는 대로 네가 서채 아 선생님 차 타는 데까지만 좀 바래다 드려. 그 정도는 할 수 있지?"

정우가 고개를 끄덕였다.

"알겠습니다. 그렇게 할 게요."

"그래. 고맙다."

이경철은 정우의 어깨를 토닥인 뒤 각진 안경을 올려 쓰며 2층으로 올라갔다. 정우는 축 처진 몸으로 계단을 올라가는 이경철을 시야에서 사라질 때까지 지켜보았다.

"왔냐."

교실에 들어와 자리에 앉자마자 김주호가 히죽거리는

얼굴을 들이밀었다.

"말 걸지 마. 얘기 할 기분 아니야."

"언제는 얘기할 기분이었냐 나랑. 야 이정우. 너 요즘 좀 부러운 소문 나돌더라."

"소문?"

"보건 선생이랑 썸씽 있냐? 집에 찾아갔다며. 잤어?"

정우의 눈살이 찌그러졌다.

시끄럽던 교실이 찬물을 끼얹은 것처럼 조용해졌다.

정우에게서 세상이 끝나버릴 것만 같은 기운이 흘러나왔기 때문이다.

김주호는 땡끄랗게 뜨고 있던 눈을 조용히 아래로 내리깔았다.

"아니 난 그냥 소문이 자꾸 들리니까. 아니겠지 그래. 네 성격에 무슨. 아닐 거야 그래. 나도 아닐 거라고 생각했어. 아 배야. 점심을 너무 먹었나?"

김주호가 목발을 짚고 절뚝거리며 교실을 나갔다.

교실 내 학생들은 정우 눈치를 보며 침만 꿀꺽 삼켰다.

정우는 수업 준비를 위해 책을 꺼내고 연필을 손에 쥐었다.

교내에서 일어나고 있는 그 어떠한 소문도 학생들에게는 그저 오락거리다.

본인의 고통은 세상의 모든 것이라 생각하면서, 타인이

그 소문으로 인해 어떠한 고통을 받을지는 전혀 생각 하지
않는다.

단순하고 이기적이며 잔인한 유희.

빠직!

정우가 손에 쥐고 있던 연필이 부러져 나갔다.

교실 공기가 찢어질 듯이 뒤틀렸다.

◆◆◆

수건으로 젖은 머리를 털고 있는 인혁이 이경철이 교무
실에 들어오자 팔을 잡아왔다.

"이 선생님 얘기 좀 하시죠."

이경철은 인혁을 위아래로 훑었다.

옷을 갈아입었다.

창문으로 달아나면서 쫄딱 비에 맞았으니 그럴 수밖에
없었겠지.

주먹이 떨렸다.

당장 저 정신병자의 턱을 한 대 후려갈기고 싶었다. 하
지만 그런 건 상상 속에서나 가능한 일이다.

"말씀하세요."

이경철이 화를 억누르며 말했다.

"여기서는 좀 그렇고. 제 사무실로 가시죠."

"남은 업무가…."

"교감 선생님에게 미리 얘기해뒀습니다. 잠시만 시간 내주세요."

이경철은 교감을 보았다.

교감이 다녀오라며 손목을 흔들었다.

저 놈은 정부장 말이라면 끔뻑 죽는다.

교감 주제에 죽으라면 죽는 시늉까지 할 거다.

교직이란 게 그런 거지.

불쑥 자신의 얼굴이 눈앞에 떠오른다.

자신이라고 다를까.

다 똑같다.

파란 가슴으로 뛰어들어 교직계에 몸을 받쳐 남은 것이라곤 검게 물들 가슴뿐이다.

"가시죠."

인혁이 머리에 수건을 걸친 체 앞장서서 걸었다.

이경철은 그를 뒤따라 강당에 도착했다. 사무실에 들어가자 이미 정리를 모두 끝마쳤는지 깔끔했다. 창문도 닫혀 있었다.

비는 그쳤지만 창 밖은 여전히 어두웠다.

"무슨 말씀을 하시려고 굳이 여기까지…."

이경철의 말에 인혁이 웃었다.

"다 알고 있습니다. 이 선생님."

"예?"

"정우 학생이 다 말했잖아요. 저랑 서채아 선생에 대해서."

이경철의 얼굴이 흙빛이 됐다.

"알고 계셨군요."

"그럼요. 이 선생님 얼굴에 다 써있는데."

당혹감에 심장이 빨리 뛰었다.

표정이며 눈빛이며 평소의 정부장이 아니다.

그는 지금 전혀 다른 사람 같았다.

"교장 선생님이 저와 친척 사이라는 것도 알고 계시죠?"

"네."

이경철이 안경을 올려쓰며 곤혹스런 얼굴로 고개를 끄덕였다.

"우리 삼촌이 좀 가벼워 보이긴 해도 정치 하나는 기가 막히게 하시는 분이라. 이사장님이 대령고교는 전적으로 신뢰하여 맡기고 있습니다. 그리고 학교에 공을 높일 수 있었던 것도 뱀처럼 냉정하고 야비하기 때문이죠."

"무슨 말씀을 하고 싶으신 겁니까."

"내 입김이 의외로 셉니다. 왜 그럴까? 약점이 있거든. 정치를 잘하는 만큼 구멍도 많지. 해서 본인에게 피해가 가는 일만 아니라면 날 아주 끔찍이도 챙겨 주십니다."

이경철이 마른 침을 삼켰다.

"두 눈 두 귀. 다 막도록 하겠습니다. 걱정하시는 일은 없도록…."

"아니. 말씀을 끝까지 들으세요."

이경철이 얼굴을 들어 인혁을 보았다.

"좀 도와주셔야겠습니다."

"무엇을…."

"물론 제 부탁을 거절하셔도 됩니다. 다만 그럴 경우 앞으로 이 선생님은 적어도 대령고교에서 저를 만날 일은 없게 될 겁니다."

"그런……!"

"하지만 수락한다면 제가 뒤를 봐드리죠. 교감 자리에 앉혀 드리겠습니다."

그의 눈이 시퍼렇게 번쩍였다.

교감을 시켜주겠다고?

그 따위 믿을 수 없는 정치적 유혹에 흔들리는 게 아니다.

교사를 새로 뽑는 건 일도 아니다.

나라도 법도 자신을 지켜주지 않는다.

명문은 만들면 그만이다.

하루아침에 목이 날아갈 것이다.

"고민하시는 겁니까?"

진한 감정이 배여 있는 그의 시선이 못 견디게 무거웠
다.

이경철이 고민 끝에 떨리는 입술을 열었다.

"제가 어떻게 하면 됩니까?"

인혁이 하얀 이빨을 내보이며 웃었다.

REVOLUTION

정우

베가 현대 판타지 장편소설

제 7 화

결착

제 7 화

결착

I

이경철은 불 꺼진 면담실 내에서 미동도 없이 앉아 창밖으로 보이는 복도의 빛을 응시했다. 창을 통해 들어오는 테이블 빛 위로 손바닥을 펼쳤다.

손바닥 위에 올려져 있는 알약을 보며 이경철은 얼굴을 일그러트렸다.

처자식의 얼굴이 눈앞에 아른 거렸다.

큰 빚을 졌을 때, 아내에게 약속했다.

자식들만큼은 무슨 수를 써서라도 원하는 공부를 할 수 있게 하겠다고.

반드시 높은 곳을 날게 만들겠다고.

길게 생각할 거 없다.

딱 한 번이야.

눈 감고 딱 한 번이다.

알약을 틀어쥐고 일어났다.

교무실에 돌아와 커피포트기 스위치를 올렸다. 이경철은 교무실 내부 전체를 향해 눈알을 굴렸다. 아무도 자신을 신경 쓰는 사람은 없다.

뺨을 타고 흐르는 땀을 바쁘게 훔쳤다.

끓은 물로 유자차를 만들어 복도로 나왔다.

보건실로 가면서 손이 떨렸다.

시야가 좁아진 느낌이 들었다.

걷는 속도를 올렸다.

보건실 앞에 도착했을 때 물이라도 뿌린 것처럼 등이 축축했다. 이경철은 보건실 출입문 손잡이를 잡기 위해 손을 뻗었다.

이경철은 주변을 살핀 뒤에 사람이 없는 걸 확인하고 안으로 들어갔다.

채아는 잠들어 있었다.

의자에 앉아 손에 들고 있는 보온병을 볼 때 부스럭 거리는 소리가 났다.

채아가 몸을 일으키다가 이경철을 보고 헛바람을 삼키

며 벽에 등을 붙였다.

"놀라지 마세요. 저에요. 몸은 좀 어떠세요?"

이경철이 물었다.

채아는 고개를 숙이며 대답하지 않았다.

이경철은 보온병 마개를 열어 뚜껑에 유자차를 따랐다.

"이거 좀 마셔요."

"괜찮아요."

"좀 마셔요. 몸이 따듯해지는 게 나을 겁니다."

채아가 목례로 인사하며 유자차를 받아 마셨다. 유자차를 마시면서 채아는 눈물을 흘렸다. 그 모습을 보고 이경철은 이를 꽉 물었다.

"정우에게 얘기 들었습니다. 제가…. 힘닿는 데까지 도와드리겠습니다."

그녀의 시선을 피하며 말했다.

이경철은 뒤틀리려는 표정을 안간힘을 다해 붙잡았다.

채아는 눈물을 닦으며 긴 숨을 밀어냈다.

"그 사람. 아직 학교에 있어요?"

채아가 두려움이 섞인 목소리로 물었다.

그녀는 겁에 질려있었다.

핏기 하나 없는 창백한 얼굴이다.

그녀의 두 눈은 마치 길을 잃은 것처럼 보였다.

지독하게 힘겨워 보였다.

이경철은 굵은침을 삼키며 일어나 유리잔에 물을 따랐다. 챙겨둔 알약을 꺼내 물과 함께 채아에게 다가가 내밀었다. 채아가 뭐냐는 눈빛을 던졌다.

"제가 먹는 신경안정제에요. 도움이 될 겁니다."

그녀는 신경안정제를 보고 이경철에게 고개를 꾸벅 숙였다.

"감사합니다."

그녀가 알약을 입으로 가져갈 때 이경철은 고개를 떨구었다.

◇◇◇

수업을 마치고 보건실로 가자 이미 채아는 퇴근하고 없었다. 전화를 걸어봤지만 연결할 수 없다는 안내음만 흘러나왔다.

발길을 돌릴 때, 2층에서 내려오는 이경철이 보였다.

"선생님."

이경철은 정우를 보고 계단 앞에 내려서서 멈춰 섰다.

"걱정 마. 체육 부장은 아직 학교에 있어. 채아씨는 내가 먼저 보냈고."

"경찰은 불렀습니까?"

이경철이 힘없이 어깨를 으쓱였다.

"모르지. 신고했을지 어떨지는. 적어도 나와 헤어지기 전까지는 안 했어. 하지만 그 이후론 모르지. 난 할 수가 없었어. 그건 온전히 서선생의 결정이라고 생각했으니까."

"피곤해 보이시네요."

정우가 가시 있는 어조로 말했다.

이경철은 정우를 보며 무거운 헛웃음을 작게 흘렸다.

"넌 정말 요즘 들어, 보면 볼수록 알 수가 없어. 무슨 생각을 하는 건지."

"칭찬으로 듣겠습니다."

인사를 하려고 가려는 정우에게 이경철이 입을 열었다.

"그러지 않을 거라는 거 알지만. 절대 감정적으로 체육부장을 찾아가거나 하는 바보같은 짓은 하지 마. 그는 어른이야. 네가 다쳐. 네 자신을 너무 과신하지마라."

정우는 이경철의 말에 등을 보이며 멈춰 섰다가, 다시 걸음을 옮겼다.

약국에 들러서 사온 마스크를 책상 위에 던졌다.

컴퓨터 전원 버튼을 누르고 가방을 벗은 뒤 교복 위로 후드에 털이 붙어있는 두꺼운 카키색 점퍼를 걸쳐 입었다.

옷을 걸쳐 입는 사이 윈도우가 켜졌다.

워드로 가짜 서류 하나를 만들어 인쇄했다.

인쇄한 서류는 플라스틱 파일에 끼워넣고 이어 청색 테이프를 바람막이 형태의 검은 점퍼 안 쪽 주머니에 넣었다.

가방 안에 티셔츠와 바지 그리고 테이프를 넣어둔 검은 점퍼를 구겨 넣었다.

대체로 가벼운 옷들이라 부피를 많이 차지하지 않아서 가방이 두둑해 보이지 않는다.

가방 안에 넣어둔 옷 위로 책장에서 책 2권과 노트를 꺼내 가방 안에 넣었다.

필통은 입고 있는 점퍼 주머니에 넣었다.

정우는 가방의 지퍼를 닫은 후 양 어깨에 올려 맸다.

마스크는 주머니에 모자는 가방의 작은 주머니 안에 넣고 거실로 나왔다.

아버지는 퇴근 전이신 듯 했고 어머니도 아직 식당에서 돌아오지 않아 집이 비어 있었다.

정우는 안방으로 들어가 서랍을 열어 가죽장갑을 꺼내 챙겼다.

독서실 앞에 도착했을 때 시간을 확인했다.

10시 54분.

정우는 전에 들렸던 커피숍에 들어가 커피 한 잔을 주문하면서 말을 걸었다.

"안녕하세요."

"아 네. 또 오셨네요."

알바생이 영업용 미소를 보내왔다.

"주문 되나요?"

"아 곧 마감이긴 한데 해드릴게요. 대신 자주 오셔야 돼요."

"혹시 사장님이세요? 어려보이는데."

"아니요 전 그냥 대학생이에요. 저희 부모님 가게에요. 이번주만 제가 마감해주기로 해서."

"아 네. 저 혹시 오늘 새벽에 비 온다고 하지 않았어요?"

"글쎄요. 그런 얘긴 못 들었는데."

커피숍 알바생이 고개를 갸웃 거리며 말했다.

"오늘이 3월 14일 맞죠?"

"네 14일 맞아요."

"다행이네요. 아참 아메리카노 작은 걸로 주세요."

"테이크 아웃이시죠?"

"네 그리고 포인트 카드 적립 카드 없으니까 그냥 주시구요."

알바생이 입을 가리며 웃었다.

"네."

의자에 앉아 잡지를 꺼내 보며 음료가 나오길 기다렸다.

"음료 나오셨어요."

"감사합니다."

"독서실 가시는 거에요?"

알바생이 옆 건물을 내다보며 물었다.

"네."

"자주 오시면 서비스 많이 드릴게요."

"감사합니다. 그럼 수고하세요."

"안녕히 가세요."

수줍어 하는 알바생의 인사를 받으며 정우는 커피숍을 나왔다. 커피숍 반대편에 있는 독서실로 건너 들어갔다.

3층으로 올라가자 독서실 총무가 턱을 괴고 졸고 있는 모습이 보였다.

"안녕하세요."

창문을 두드렸다.

침을 흘리며 졸고 있던 총무가 창을 두드리는 소리에 퍼뜩 정신을 차렸다.

작은 창문을 열고 1일 비용을 지불했다.

만원을 내고 거스름돈을 받았다.

"이름 여기다 쓰면 돼요?"

정우가 물었다.

총무가 안경을 벗고 눈을 비빈 뒤, 다시 안경을 쓰면서 출입 체크를 도와주었다.

"여기 이름 쓰시고 전화 번호 그리고 뒤에 서명이요."

시키는 데로 글을 작성하고 독서실 안으로 들어갔다.

독서실 안에서 공부를 하고 있는 학생들은 총 3명이었다.

정우는 구석 창가와 가까운 자리를 잡았다.

가방을 의자에 걸고 책과 노트 펜을 꺼내 책상 위에 올렸다. 입고 있던 외투는 의자에 걸쳐 놓았다.

책과 노트를 책상 위에 펼쳐 둔 후, 의자에 앉아 시간을 확인했다.

커피를 마시면서 30분을 기다렸다.

큰 시계 바늘이 30분을 가리켰을 때 정우는 주변을 한 번 흘깃 훑어 본 뒤, 가방을 들고 화장실에 들어갔다.

대변기가 있는 칸 안으로 들어가 문을 걸어 잠그고 가방안에서 옷을 꺼내 갈아입었다. 티셔츠와 바지를 갈아입고 티셔츠 위로 가방을 가슴 앞 쪽으로 오게 울러 맸다.

가방을 맨 체 그 위로 바람막이 점퍼를 입고 지퍼를 닫았다. 옷을 다 갈아입은 뒤, 걸쳐둔 교복을 가방 안에 넣고 지퍼를 닫았다.

작은 가방 안에서 꺼낸 마스크와 모자는 갈아입은 점퍼 바깥 주머니에 넣었다.

귀를 기울였다.

누군가 걸어 다니고 있는 발소리가 들렸다.

정우는 잠잠해지기를 기다렸다.

침묵이 왔을 때 정우는 대변기 칸에서 나왔다.

화장실 문을 열고 나왔을 때 학생들은 모두 자리에 앉아 있었다.

정우는 빠른 걸음으로 자신의 자리로 돌아왔다.

다행히 공부하고 있는 학생들에게 구석진 자리는 사각지대다.

정우는 창문 밖을 확인 했다.

사람이 없는 걸 확인한 후, 정우는 망설임 없이 창문 밖으로 뛰어 내렸다.

쓰레기더미가 있는 곳 위로 정우의 몸이 떨어졌다.

쓰레기에 떨어지는 소리가 났지만 큰 소리는 아니었다.

3층이라 꽤 높이가 있어서 쓰레기 위로 떨어졌지만 작게 충격이 있었다. 하지만 몸에 무리가 갈 정도는 아니었다. 정우는 몸을 일으켜 모자와 마스크를 주머니에서 꺼냈다. 모자를 눌러쓰고 마스크를 썼다.

바람막이 점퍼 후드를 머리 위로 뒤집어쓰고 정우는 주머니에 손을 꽂아 넣고 여유 있는 걸음으로 도로를 나왔다.

정우가 커피를 사왔던 건너편의 커피숍은 마감 후 불이 꺼져 있었다.

동네 골목 지름길을 타고 걷다가 주택지 담을 향해 단숨에 뛰어 올랐다.

가벼운 몸놀림으로 벽을 차면서 담을 넘어 주택의 마당을 지나 다시 뒤쪽 담을 넘었다.

 붉은 조명이 있는 전봇대 아래로 정우의 몸이 훅하고 떨어졌다. 골목길을 나와 아파트 안으로 들어가 반대편 출구로 나왔다.

◇◇◇

 지하철에서 나와 외워둔 주소에 도착하자 꽤 이름 있는 브랜드의 아파트가 보였다.

 장갑을 끼면서 아파트 안쪽으로 들어갔다.

 점퍼에 달린 후드를 이마 위까지 덮어 썼다.

 마스크를 꼈고 모자를 쓴데다 점퍼 후드까지 때문에 정우는 누가 봐도 얼굴을 구분하기 어려워 보이는 복장이었다.

 주소는 109동.

 정우는 점퍼를 벗고 안에 메고 있던 가방을 풀어 다시 점퍼 밖으로 올려 멨다.

 자전거가 모여있는 곳에서 자전거를 고치는 척 하며 사람이 오기를 기다렸다. 약 10분이 지났을 때, 사람이 나타났다.

 정우는 109동 아파트 건물 입구 보안 문으로 들어가는 사람을 따라 들어갔다.

엘리베이터 앞에 섰을 때 50세 가량의 아저씨가 정우를 다소 의심스러운 눈길로 쳐다보았다.

모자를 눌러쓰고 그 위로 후드를 덮은데다 마스크까지 쓰고 있다.

추운 겨울 날씨라 그럴 법도 하지만 비밀번호를 누르고 보안 문이 열리고 나서 따라 들어온 것도 그렇고, 흉흉한 뉴스가 나돌고 있는 요즘 세상 탓에 경계심이 앞설 수밖에 없는 듯 아저씨는 다소 경계하고 있는 표정이었다.

띵!

엘리베이터가 1층을 가리키면서 문이 열렸다.

아저씨가 들어가고 나서 정우가 뒤따라 들어갔다.

아저씨가 4층 버튼을 눌렀고, 이어 정우는 11층 버튼을 눌렀다.

엘리베이터 문이 닫히고, 잠시 후 아저씨는 흘깃 정우를 본 뒤에 4층에서 내렸다. 문이 닫히고 엘리베이터는 고층으로 올라갔다.

- 11층입니다.

엘리베이터에서 내리자마자 두 개의 문이 좌측과 우측으로 나뉘어져 있는 게 보였다.

1101호.

정우는 가방에서 플라스틱 파일에 끼워져 있는 인쇄한

서류 한 장을 꺼낸 뒤, 오른쪽 문 앞으로 다가가 초인종을 눌렀다.

초인종 벨로시가 울린 후, 곧 인터폰이 켜졌다.

- 누구십니까?

"정인혁씨 댁 맞습니까?"

- 네. 누구세요.

"강력계에서 나왔습니다. 대령고교에서 같이 근무하고 있는 서채아 보건 교사 아시죠? 그 분으로부터 신고가 들어왔습니다. 조사가 필요하니 협조 좀 부탁드립니다. 영장 발부 됐습니다."

인터폰 앵글 앞으로 가짜 서류를 가까이 들이댔다가 내렸다. 잠겨있던 문이 전자음 소리를 내면서 열렸다.

정우는 문이 열리는 즉시 손잡이를 잡고 안쪽으로 잡아당겼다.

문고리를 잡고 있던 정인혁의 몸이 정우의 가슴 앞으로 중심을 잃고 달려 나왔다.

정우가 인혁의 복부를 밀어 찼다. 그가 이를 악물며 신발장에 엉덩방아를 찧으며 넘어졌다. 정우는 현관문을 닫았다.

삐리릭 철컥!

문이 잠김과 동시에 인혁은 정우를 올려다보았다.

검은 마스크에 모자를 눌러 썼고 후드를 덮어 써 얼굴의

구분이 불가능하다. 인혁에게 있어 한 가지 확실히 보이는
건 정우의 눈이었다.

분노도 긴장도 두려움도 없는 무감정한 눈.

"누구야 너!"

인혁이 침을 꿀꺽 삼키며 물었다.

정우가 대답 없이 다가오자 인혁은 주변을 살펴 손에 잡
힐 만한 것이 있는지 찾아보았다. 화장실 옆에 거치되어
있는 무선 진공 청소기를 잡고 일어났다.

휘두르기도 전에 정우의 주먹이 날아갔다. 턱에 직격으
로 꽂혔다. 인혁은 손에 들고 있던 청소기를 놓고 정우의
팔을 잡았다.

체육 출신이라 우람한 몸에 근력도 있다. 인혁이 눈을
부릅뜨며 정우의 멱살을 잡아 당겼다. 정우는 손으로 인혁
의 턱을 잡아 밀어 올린 뒤, 인혁의 한 쪽 어깨를 잡아당기
며 무릎을 올렸다.

정우의 무릎이 인혁의 옆구리를 쳤다.

인혁이 얼굴을 찡그리며 소리 없이 입을 쩍 벌렸다. 정
우의 멱살을 잡고 있던 손이 풀렸다. 인혁이 뒷걸음치며
배를 붙잡고 허리를 숙일 때, 정우가 발등으로 인혁의 얼
굴을 걷어찼다.

두꺼운 소리가 나면서 인혁의 몸이 옆으로 돌아가며 쓰
러졌다.

정우가 가방을 풀고 지퍼를 열 때 인혁이 이를 악물며 일어났다.

체육부 출신답게 맷집이 있어서인지 아직 힘이 넘친다.

"이 새끼가 날 뭘로 보고!"

인혁이 가방을 풀고 있는 정우에게 달려들었다.

정우는 달려오는 인혁의 한 쪽 팔을 잡고 그대로 앞으로 엎어치기로 넘겼다. 인혁의 몸이 허공에서 바닥으로 넘어가며 아파트가 쿵 하고 울렸다.

정우는 인혁의 상체 위로 올라타며 양손으로 그의 목을 졸랐다. 순식간에 인혁의 얼굴에 피가 쫙 몰렸다. 인혁은 자신의 목을 조르고 있는 정우의 양쪽 손목을 움켜잡았다.

"끄아아아……!"

인혁이 목을 긁는 낮은 소리를 내며 온 힘을 쏟아 부었다. 체육부 출신으로써 오랫동안 운동을 한데다 체격이 좋아 근력만큼은 정우를 앞섰다.

목을 조르고 있던 정우의 팔이 양 옆으로 벌어졌다.

결국 목을 조르던 정우의 팔이 풀렸다. 팔이 풀리기 직전 정우가 이마로 인혁의 눈을 들이 박았다.

"악!"

인혁이 짧은 비명소리를 내며 얼굴을 붙잡았다.

팔을 올린 탓에 비어 있는 복부를 향해 정우가 주먹을 때려 넣었다.

급히 팔을 내렸지만 정우는 빈 곳을 찾아내 정확히 타격
했다.

둔탁한 타격음이 연이어 났다.

네 번째에 주먹이 명치를 때렸다.

인혁의 동공이 위로 올라가면서 눈에서 반쯤 모습을 감
췄다.

"어억······!"

정우의 눈 옆으로 땀이 맺혔다.

정우는 겉옷 주머니에 넣어둔 테이프를 꺼낸 뒤, 소매로
땀이 흐르는 눈가를 닦아냈다.

찌이익!

정우가 손에 들고 있던 테이프가 길게 늘어났다.

겨우 정신을 차리고 시야를 바로 잡은 인혁이 이빨로 테
이프를 들고 있는 정우를 보고 얼굴이 하얗게 질렸다.

"왜, 왜 이래 나한테."

주변을 살피던 인혁이 허겁지겁 주방으로 달려가 식칼
을 뽑아 들었다.

"죽고 싶어? 죽고 싶냐고?!"

인혁이 비틀 거리면서 침을 튀기며 소리 질렀다.

허공으로 칼을 휘저었다.

정우는 테이프를 길게 늘어트린 체, 인혁에게 다가갔
다.

"너 정체가 뭐야. 경찰 아니지. 나한테 왜 이래. 이유가
뭐냐고!"

정우의 눈이 더 섬뜩하게 변했다.

"야! 더 가까이 오면 찔러 죽일 거야. 꺼져. 당장 내 집에
서 꺼지라고!"

인혁이 눈을 부라리며 소리 질렀다.

정우가 거침없이 다가갔다.

"이 새끼가!"

인혁이 부들부들 떨던 손으로 정우를 향해 칼을 찔러 넣
었다. 정우가 한 순간에 테이프로 칼을 찔러넣던 인혁의
한 쪽 팔을 테이프로 두 바퀴 휘감았다.

팔꿈치로 인혁의 목젖을 치고 칼을 들고 있던 그의 손목
을 잡아 옆으로 돌려 꺾었다.

"아아……!"

손에 들고 있던 식칼이 바닥에 떨어졌다.

잡고 있던 손목을 좀 더 돌리자 소리도 못 지르고 인혁
의 등이 바닥에 떨어졌다.

정우가 인혁의 얼굴을 발로 밟고 식칼을 주워들었다. 인
혁의 팔에 연결되어 있는 테이프를 식칼로 끊어 냈다. 테
이프를 다시 길게 뜯어 인혁의 목에 휘감았다. 테이프 끈
을 목 뒤에서 교차 시켜 잡아 당겼다.

테이프에 목이 졸린 인혁이 '꺼걱!' 하는 숨넘어가는 소

리를 냈다. 정우는 있는 힘껏 목을 졸랐다. 인혁이 팔을 휘저으며 버둥거렸다.

"컥컥컥!"

침이 튀어 올랐다.

숨이 넘어가기 직전 정우가 테이프를 풀었다.

인혁이 엎드려서 바닥을 기며 헛구역질을 해댔다. 뒤통수를 발로 밟고 무릎으로 인혁의 옆구리를 있는 힘껏 찍어 찼다.

인혁이 배를 잡고 새우처럼 웅크렸다.

정우는 수갑을 채우듯 그의 등 뒤로 손목을 테이프로 꽉 감았다.

테이프를 끊어내고 손바닥만한 길이로 테이프를 다시 찢어 인혁의 입에 붙였다.

"우웁!"

인혁이 고통스러워하며 지렁이처럼 꿈틀거렸다.

정우는 그의 머리카락을 잡아끌면서 일으켜 세운 뒤, 식탁 앞 의자에 앉혀 테이프로 의자와 함께 몸을 묶었다.

정우가 방 안으로 들어갈 때 인혁이 몸을 흔들다가 의자와 함께 옆으로 넘어갔다.

정우는 그를 한 번 돌아본 뒤, 다시 방안으로 향했다.

인혁이 통곡에 가까운 울음 소리를 낼 때, 정우는 컴퓨터 전원을 켰다. 그리고 화장실에 들어가 마개를 잠그고 욕조에 물을 틀었다.

인혁이 눈을 화등잔 만하게 뜨며 할 말이 있는 듯 테이프에 입이 막혀 있는 상태로 소리를 꽥꽥 질렀다.

정우는 의자에 묶여 쓰러져 있는 인혁의 의자를 잡아 세워 화장실 안으로 끌고 들어갔다.

화장실 안으로 들어오면서 인혁은 놀란 토끼 눈으로 좌우를 두리번거렸다.

인혁을 화장실 안에 두고 정우는 문을 닫고 나왔다.

컴퓨터가 있는 큰 방으로 들어왔다.

윈도우가 떠 있다.

바탕 화면에 낯선 프로그램 하나가 보였다.

더블클릭 하자 아이디와 비밀번호를 입력하라는 창이 나왔다. 컴퓨터 책상에 있는 매직 펜 하나를 들고 화장실로 돌아왔다.

문을 닫고 화장실 거울에 글씨를 적었다.

CCTV

ID
PASSWORD

정우가 인혁의 입에 붙여둔 테이프를 뜯었다.

"누구세요. 저한테 왜 이러시는 거에요."

인혁이 공포에 질려 있는 얼굴로 말했다.

정우가 주먹을 들었다.

'빠악' 소리가 나면서 인혁의 고개가 돌아갔다.

연이어 주먹이 날아들었다.

인혁의 입에서 피가 흘러 내렸다.

정우가 그의 턱을 붙잡고 거울을 보게 옆으로 돌렸다.

거울에 'Tell' 이라고 적었다.

"왜, 왜 그러시는데요. 저 죽이실 건 아니죠? 살려주실
거죠?"

인혁이 피로 물든 입으로 절박하게 물었다.

정우는 다시 인혁의 입에 테이프를 붙였다.

욕조에 물이 반 이상 차오르고 있었다.

정우가 인혁의 의자를 잡았다.

"우욱! 우우우욱!"

인혁이 놀라서 버둥거렸다.

정우는 의자 다리를 잡고 들어올렸다.

의자에 테이프로 몸이 묶인 인혁의 머리가 욕조 안으로
풍덩 들어갔다. 인혁이 발악하듯 몸부림 쳤다. 30초 뒤에
의자를 밖으로 끌어 당겼다.

얼굴이 젖은 인혁이 코로 기침하며 넘어갈 것 같은 얼굴
로 숨을 몰아쉬었다.

테이프를 뜯었다.

인혁이 부족했던 공기를 어깨를 들썩이며 마셨다.

어지러운 듯 그의 눈이 초점을 잡지 못하고 흔들렸다.

Last question.

Tell.

정우의 눈이 검게 물들었다.

거울에 적힌 글자를 보고 이어 정우의 눈을 본 인혁이 입술을 떨었다.

"아이디 Hyuck001. 비밀번호 body1004."

인혁이 밀랍인형처럼 하얀 얼굴로 소리쳤다.

정우가 인혁의 입에 테이프를 다시 붙이고 화장실을 나왔다. 컴퓨터 앞으로 돌아와 인혁이 말한 아이디와 비밀번호를 입력했다.

로딩 후, 여러 개의 창이 떠올랐다.

12개의 각도로 대령고교의 보건실을 녹화하고 있는 CCTV화면이 보였다.

정우의 눈에 낮은 어둠이 스며들었다.

정우는 의자에 앉아 C디스크와 D디스크. 컴퓨터에 있는 모든 자료를 조사했다. 정우가 컴퓨터 내에 있는 모든 파일을 뒤졌을 때 윈도우 창에 수십 개의 창이 남았다.

컴퓨터를 조사하자 원조교제를 포함한 성매매 및 성폭행에 관련된 증거 자료가 나왔다.

친절하게 성매매 여성과 함께 촬영된 얼굴도 있었다.

인터넷 포탈 사이트에 자동 로그인 기능이 되어 있어 정우는 파일을 모두 압축한 뒤, 정인혁의 아이디로 경찰청과 언론 메일에 내용을 첨부시켰고 추가로 불법으로 CCTV를 설치한 것에 대한 내용을 적어 메일을 전송시킬 준비를 마쳤다.

버튼 한 번이면 이 모든 내용은 세상에 퍼질 것이다.

정우는 일단 컴퓨터를 그 상태로 두고 방을 뒤졌다.

옷장을 열어보고 베란다도 확인했다.

정우는 방에 들어가 장롱을 열어 이불을 꺼냈다. 서랍을 모두 열었고 온 집안을 이 잡듯이 뒤졌지만 카메라가 보이질 않았다.

정우는 화장실로 돌아왔다.

인혁은 반쯤 감긴 눈으로 힘겨워 하고 있었다.

거울에 DSLR 을 적은 뒤, 입에 붙인 테이프를 떼어냈다. 거울에 적혀 있는 글씨를 본 인혁이 눈을 부릅 떴다.

"너 이정우냐?"

인혁이 감정이 켜켜이 쌓인 얼굴로 소리쳤다.

"너 이정우지? 말해!"

정우의 눈이 칠흑처럼 어두워졌다.

"잠깐. 말할게. 말하면 되잖아! 주방 선반. 주방 선반 안에 있어."

인혁이 굵은침을 삼키며 말했다.

정우는 그의 말대로 주방 선반을 확인 했다.

DSLR 카메라가 있었고, 그 옆에 인화된 사진이 쌓여 있었다.

사진을 확인해본 결과, 모두 멀리서 줌인으로 찍은 서채아다. 날짜로 배열했을 때 가장 처음에 인화된 사진 날짜는 2년 전.

정우는 사진과 카메라를 식탁으로 옮긴 뒤, 선반 안에서 작은 박스 하나를 꺼냈다. 식탁에 올려 내용을 확인한 정우는 미간을 찡그렸다.

알약으로 된 엑스터시.

마약이다.

정우는 의자 위에 앉아 얼굴을 문질렀다.

뻑뻑한 가죽장갑의 감촉이 얼굴에 전해져 왔다.

"정우야. 이정우!"

인혁이 소리를 질렀다.

정우는 모자를 벗어 땀에 젖은 머리카락을 한 번 쓸어 올린 뒤 다시 모자를 쓰고 인혁이 있는 화장실에 들어갔다.

"정우야."

인혁이 파리한 얼굴로 정우를 올려다보며 말을 이었다.

"이 정도 했으면 됐잖아. 얻어터지고 물고문도 당하고. 할만큼 했잖아. 그러니까 이거 풀어주고 돌아가. 이걸로 그만 서로 퉁 치는 거야. 그리고 너 경찰에 연락할 생각은 아니지? 혹시라도 그런 생각하고 있는 거면 얘기해봐. 대화를 좀 하자고. 경찰에 신고하면 너 후회해. 잊어선 안 돼. 나 혼자 죽을 것 같아? 내가 그렇게 멍청해 보여? 손을 써 놨어. 나 혼자 죽진 않는다고."

"무슨 소리야."

정우가 낮은 소리로 물었다.

"경찰에 신고하면 나만 빵에 들어가는 게 아니라는 소리야. 네가 날 찾아온 이유가 서채아 선생 때문이지? 지키고 싶지 않아? 날 이렇게 하는 것도 다 그 여자 때문이잖아."

"내가 듣고 싶은 얘기를 해."

"사람을 썼어."

"누구."

"이경철."

"뭘 한 거야."

"부탁을 좀 했어. 내가 나를 지킬 수 있도록."

"뭘?"

"죽진 않을 거야. 조금 힘들 뿐이지."

"장난을 원해?"

"엑스터시의 5배 정도. 치사량은 아니야."

"담임이 허락했나?"

"그래. 그러니까 이것 좀 풀어줘. 여기서 끝내면 약속할게. 너도 알겠지만 나도 약점이 있으니까 너한테 함부로 할 수가 없어. 우린 서로의 약점을 공유한 사이잖아. 안 그래?"

"지시한 게 언제야."

"1시 쯤?"

정우는 컴퓨터 앞으로 돌아왔다.

CCTV 프로그램에 어제 날짜로 녹화된 영상을 틀어 16배속으로 돌렸다. 이경철이 들어오는 걸 보고 정지 버튼을 눌렀다.

정우는 아까 서랍을 열었을 때 봤던 비어있는 USB를 떠올렸다. 곧장 오른쪽 가장 아래 서랍을 열어 USB를 집어 들어 컴퓨터 옆에 놓고 다시 재생 버튼을 눌렀다.

영상을 모두 보고 나서 정우는 녹화된 파일을 USB로 옮겨 저장했다.

어제 날짜의 녹화분을 삭제한 뒤, USB를 분리해 안주머니에 넣고 정우는 화장실에 돌아와 문을 닫았다.

"야 너 문은 왜 닫아? 어? 뭘 어쩌려고. 다 얘기했잖아! 이제 그만 좀 해. 너무 힘들다. 이정도면 됐잖아. 약속할

게. 두 번 다시 보건 선생은 건드리지 않겠어. 내가 미치지 않고서야 더 이상 일을 키울 리가 없잖아. 응? 그러니까……."

테이프로 인혁의 입을 틀어막았다.

"우웁! 우우웁!"

인혁이 묶인 몸을 흔들었다.

정우의 눈에 독기가 파고들었다.

"죽지 마라."

정우가 천천히 감정이 담긴 손을 뻗어 문을 잠갔다.

마른침을 삼키며 정우를 올려다보는 인혁의 얼굴이 새하얗게 얼어붙었다.

◇◇◇

검은 그랜져 뒤로 봉고차 두 대가 아파트 앞에 멈춰 섰다.

그랜져에서 정장 차림의 검사가 내렸고 봉고차에서 10명의 남자가 내렸다.

"3명은 출입구에서 대기하고 나머지 전부 따라와."

남자가 앞장섰고 뒤따라 부하들이 꼬리처럼 붙었다.

보안문을 해제하고 아파트 안으로 진입했다.

엘리베이터를 타고 OO층에 도착하고 문 앞에서 검사가

신호를 줬다. 부하들이 사인을 받고 품 안에서 무기를 꺼내며 자리를 잡았다.

검사가 권총을 꺼내고 뒤로 물러나면서 손짓했다.

그의 앞으로 2명이 진압봉을 들고 섰다. 바로 그 뒤로 테이저 건을 든 남자가 자세를 낮추고 테이저 건을 전방으로 겨냥했다.

카키색 야구 점퍼를 입은 중년 남자가 문 앞에 다가가 손에 들고 있던 가방을 소리나지 않게 조심히 내렸다. 부하가 검사를 뒤돌아봤다.

검사가 고개를 끄덕였다.

부하가 가방 지퍼를 열어 장비를 꺼내 문을 해체했다.

문이 열리는 전자음 소리가 났다.

모두 긴장한 상태로 무기를 힘주어 잡았다.

검사가 손가락을 폈다.

셋, 둘, 하나.

문이 벌컥 열렸고, 검사가 검지를 가리켰다.

부하들이 일순간에 안으로 진입해 들어갔다. 검사가 부하를 따라 뒤따라 들어갔다.

거실, 큰 방, 안 방 베란다 모두 확인했지만 사람은 없었다. 마지막으로 화장실을 체크하기 위해 문을 열었을 때 형사들은 침을 꿀꺽 삼켰다.

"최검사님."

부하가 검사를 불렀다.

검사는 식탁 위에 펼쳐진 마약을 확인한 뒤, 화장실 안을 확인했다. 그리고 대번에 그의 눈살이 찌푸러졌다.

화장실 벽 2면과 거울 욕조가 옅은 피로 칠갑되어 있었다.

탈출하고 싶어 발악하는 듯한 흔적이 노골적으로 묻어나 있었다.

빈 욕조 안에는 체격 좋은 한 남자가 몸을 구긴 체 들어가 있었다.

"살아있나 봐봐."

최검사의 지시에 부하 하나가 안으로 들어가 상태를 확인했다.

부하가 긴장한 얼굴로 맥박을 확인 했다.

생사여부를 확인한 부하가 안도하는 표정으로 최검사를 돌아봤다.

"의식은 없지만 살아있습니다."

"김형사 구급차 불러."

검사가 화장실 안으로 들어가면서 이어 물었다.

"상흔은?"

"목이 졸린 흔적 말고 딱히 없습니다. 칼자국도 없고 특별히 무기를 쓴 흔적도 없는 것 같습니다. 거울이 깨져 있고 이마만 찢어진 걸로 봐선 대부분 타박상 같고 관절이 좀."

검사는 화장실 내부를 다시 확인했다.

사방에 핏자국과 피묻은 손바닥 자국이 찍혀 있다.

안형사 말대로 거울이 깨져 있다.

욕조 안에서 발견된 남자는 온몸에 피멍이 들어있었고 이마는 찢어져서 피가 굳어있었으며 발목 한 쪽이 돌아가 있었다.

정말이지 지독하게도 당했다.

"됐어. 증거 수집해."

화장실을 나오면서 말했다.

―예

명령이 떨어지자 부하들이 일사분란하게 움직였다.

검사는 껌을 꺼내 입 안에 넣고 질겅질겅 씹으며 전화기를 꺼냈다.

"나야. 밑에서 대기하고 있지? 그래. 블랙 박스랑 주변 CCTV 전부 체크 해. 상부에 상황 종료 보고 하고."

검사는 큰 방으로 들어갔다. 그는 방 안을 둘러보다가 켜져 있는 컴퓨터를 확인 했다.

모니터에는 범죄 증거 파일이 3D 그림처럼 펼쳐져 있었다.

검사는 미간을 꾹꾹 눌러 문질렀다.

제 3자가 개입 되었다.

정황상으로 볼 것도 없이 원한 관계다.

"안 형사!"

"예!"

부하가 뛰어와 부동자세를 취했다.

"욕조 안에 처박혀 있는 저 인간 주변에 관련된 인물 남
김없이 조사해서 보고서 올려."

"알겠습니다."

검사는 프린터기에서 A4 용지 하나를 꺼내 껌을 뱉고
종이를 구겨 쓰레기통에 던져 놓고 오피스텔을 나왔다.

검사가 각진 안경을 고쳐 쓰며 엘리베이터 버튼을 눌렀
을 때 멀리서 희미한 구급차 사이렌 소리가 들려왔다.

◆◆◆

책 위로 침을 흘리며 자고 있던 총무는 독서실 전화가
울리는 걸 보고 벌떡 고개를 들었다.

"카악! 카악!"

총무는 목을 한차례 풀고 유선 전화기의 수화기를 들었
다.

"네 무지개 독서실입니다."

맑고 또렷한 목소리로 말했다.

대답이 없자 총무는 욕을 팍 내뱉으며 전화를 콱 끊었
다.

침을 닦으며 시계를 확인했다.

12시 10분?

아직 마감까지 시간 좀 있었다.

눈을 비비며 앞을 보자 교복을 입은 학생이 내려가는 게 보였다.

총무는 뒷목을 북북 긁으며 일어나 도서관 안에 인원을 체크 하러 들어갔다.

사람이 다 빠지고 없었다.

방금 전에 나간 학생이 마지막인 것 같았다.

아직 마감까지는 시간이 좀 남았지만 일찍 끝낼 수 있다는 생각에 입이 헤벌쭉 벌어졌다.

총무는 콧노래를 부르며 마감을 위해 청소 도구함이 있는 창고로 향했다.

"어디갔다 왔어? 전화기도 꺼져 있던데."

어머니가 현관 앞에서 물었다.

"독서실이요."

"독서실?"

"네 죄송해요. 말씀 안 드리고 다녀와서."

"밥 안 먹었지?"

"밖에서 간단히 먹었어요."

"그걸로 밥 돼?"

"네. 좀 피곤해서 씻고 잘게요. 어머니도 일찍 주무세요."

"그래 알았어."

방에 들어가 문을 잠그고 가방을 풀었다.

옷과 물건들을 모두 꺼내고 제자리에 놓은 뒤 화장실에 들어가 옷을 벗었다.

딱히 크게 다친 곳은 없지만 손이 엉망이다.

간단하게 샤워하고 나서 방으로 돌아와 휴대폰 전원을 켰다. 채아에게 전화를 걸어보았지만 여전히 전화기는 꺼져 있었다.

정우는 불을 끄고 침대에 몸을 누였다.

무게감이 전신을 눌러왔다.

철컥!

최검사가 문을 열고 병실 안으로 저벅저벅 들어왔다.

"일어났어? 보고해봐."

최검사가 껌을 질겅질겅 씹으면서 턱짓을 하며 말했다.

"저 그게……."

형사과 반장이 난감한 표정을 지었다.

"왜?"

"완전히 겁에 질렸어요."

"CCTV랑 블랙 박스는?"

반장이 고개를 저었다.

"용의자가 완전히 얼굴을 가리고 있어서 식별이 불가능합니다. 증언이 있어야 진행이 되는데, 이 자식 이거 상태가 이 모양이라."

"특이사항은."

"가방을 매고 있었어요. 평범한 놈은 아닌 게 지하철을 탈 때 까지 걷는 폼이 여유로웠어요. 마치 아무 일도 없었던 것처럼."

"이 자식한테서 뭐 들은 건 하나도 없어?"

"예 아직까지는. 아무래도 병원이라 취조가 좀……."

"크게 다치진 않은 것 같은데."

"전치 8개월이랍니다. 발목 인대가 끊어졌고 손가락 3개. 이빨 두 개. 어깨랑 팔꿈치 근육 파열. 고문 흔적도 있고. 겉으로 보기엔 멀쩡해 보여도 누워 있어서 그렇지 속은 엉망인 모양입니다."

최검사가 고개를 끄덕였다.

"나가 있어봐."

반장이 고개를 꾸벅 숙여 보이고 나갔다.

최검사는 인혁이 누워있는 침실 옆에 앉아 표정을 면밀히 살폈다.

　　동공이 수시로 흔들린다.

　　초점은 있는데 극도의 불안감을 느끼고 있는 것처럼 보였다.

　　"야 최인혁…. 최인혁!"

　　검사의 커다란 부름에 인혁이 화들짝 놀라며 그를 쳐다봤다.

　　"왜 이렇게 떨어. 진정해. 응?"

　　인혁은 몸살이라도 걸린 것처럼 온몸을 떨어댔다. 최검사는 씹고 있던 껌을 손으로 잡아 빼 플라스틱 쓰레기통에 던져 넣었다.

　　"너 알지. 널 이렇게 만든 놈이 누군지."

　　인혁이 덜덜 떨면서 검사의 시선을 피했다.

　　"야 인마. 뭐가 무서워서 그래. 스토킹, 성매매, 성추행, 마약 소지. 폭행…. 변호사 아무리 잘 구해도 족히 15년이야. 넌 보호신청이 필요 없는 몸이라고. 왜 보복을 두려워해. 널 건드린 자식이 감빵 안에 줄이라도 있나?"

　　대답 없이 떨고 있는 인혁을 보며 검사가 눈매를 가느다랗게 좁혔다.

　　"얘기해 봐. 성실히 답변하면 스토리 짜 맞춰 넣고 감형할 수 있도록 신경 써줄 테니까."

"다시 찾아온다고 했어요."

인혁이 기억을 떠올리며 공포에 질렸다.

"그리고?"

"어디에 있든. 어느 곳으로 숨든. 찾아낸다고 했어요."

"너희 같은 애들만 특별히 모아두는 곳이 있어. 돈만 있다고 해서 되는 건 아니고. 네가 협조하면 얘기 올려줄게. 내가 이래봬도 꽤 발이 넓으니까."

"고등학생이에요."

"뭐?"

"대령고교의 고등학생. 3학년. 이정우."

최검사가 얼굴을 콱 찌푸렸다.

"고등학생이라고?"

인혁이 사시나무처럼 떨었다.

"얼굴 봤어?"

최검사가 물었다.

"알아요. 그놈이에요. 분명히 그놈이라구요! 얘기했으니까 나 좀 숨겨줘요. 아까 얘기했던 그 특별한 곳? 거기로 넣어주는 거죠?"

"마지막으로 하나만 물어보지. 도대체 왜 그렇게 무서워하는 거야?"

인혁이 무표정한 얼굴로 눈물을 흘렸다.

"살라고 했어요."

"뭐?"

"절대로 죽지 말라고. 살라고. 다시 만날 때 까지 반드시 살아있으라고."

인혁의 얼굴이 유리가 깨지듯 어그러졌다.

"그 말을 할 때 눈을 봤어요. 놈의 눈이요. 사람의 눈이 아니었어요. 그런 눈은……."

최검사는 인혁의 표정을 보고 저도 모르게 소름이 우스스 돋았다.

"정말 이정우가 확실해?"

"약속 지키시는 거죠?"

인혁이 절박한 눈길로 물었다.

최검사가 일어났다.

"검사님. 검사님!"

나가는 그를 보고 인혁이 급히 몸을 움직였다.

손등에 꼽아둔 링겔이 떨어졌다.

몸을 뒤척인 인혁이 통증을 느끼고 이내 지독한 비명을 내질렀다.

아직 해가 밝지 않은 새벽.

정우는 건물 공사장 인부들이 장작불을 붙여둔 기름통

앞으로 다가갔다.

검은 연기를 피어 올리며 활활 타오르는 불길을 한 동안 응시하던 정우는 주머니 안에서 인혁이 촬영한 채아의 사진 더미를 꺼내 불 속으로 던져 넣었다.

타오르는 불길은 검은 재와 함께 정우의 얼굴을 붉게 비추었다.

◇◇◇

매스컴이 대령고교의 현직 체육 부장을 도마 위에 올렸다. 교장은 체육 부장 최인혁을 즉각 해고처리 했다. 책임을 회피하기 위해 연을 끊고 산지 오래됐다는 말 하나만 남기고 교장은 기자들과의 접촉을 모두 피해 다녔다.

최검사는 본 건을 최인혁의 자수로 종결 시켰다.

이정우를 조사해봤지만 그는 알리바이가 확실 했다. 설령 이정우가 범인이라 하더라도 더 이상의 진행은 무의미 했다.

고등학생이 알리바이를 조작하고 모든 CCTV와 블랙박스를 피해 제3의 인물이라는 추론을 세상에 내보내 봐야 남는 게 없다.

외려 마이너스.

웃음거리만 될 뿐이다.

약쟁이의 정신 나간 증언에 큰 물고기가 걸릴 거라고 기대했던 자신이 바보였다.

최검사는 창밖의 맑은 하늘을 올려다보며 눈살을 찌푸렸다.

최인혁은 특별히 악질 범죄자 교도소에 수감 시켰다. 내부 치안이 나쁘기로 유명한 곳이다. 약속을 지키지 않았다며 악을 지르며 소리를 지르던 놈의 표정이 생생하다.

약속을 안 지킨 건 네놈이야.

그러게 왜 말도 안 되는 헛소리는 해가지고 사람 힘 빠지게 하고 있어.

최검사는 껌을 입 안에 던져 넣으며 몰려오는 기자들을 뒤로 하고 기사가 열어주는 외제차 뒷좌석에 올라탔다.

6시 40분.

너무 이른 시간이라 그런지 교실이 텅 비어 있었다.

정우가 가방을 놓고 조금은 어두운 눈길로 창 밖, 하늘의 아름다운 색채를 눈에 담을 때 교실문이 열렸다.

정우는 고개를 돌렸다.

꽤 거리가 있음에도 뚜렷한 이목구비가 눈에 들어왔다.

앳된 기가 남아있는 지극히 여성스러운 얼굴이다.

반듯한 이마와 오똑한 콧날 아래로 보이는 입술은 무엇을 바르진 않은 것 같았지만 붉어 보였다.

"죄송합니다. 아무도 없는 줄 알고."

여학생이 시선을 아래로 떨어트리며 지나치리만큼 당황한 표정을 지었다.

손에는 두꺼운 책을 들고 있었다.

"1학년?"

정우가 물었다.

"네."

그녀가 잘 들리지도 않을 것 같은 작은 목소리로 말했다.

"들어와 괜찮으니까."

그녀는 고개를 꾸벅 숙여보이곤 안으로 들어와 중간 부근의 자리에 물건을 두었다. 그 사이 정우가 일어나 교실을 나가던 중, 눈이 마주쳤다.

방금 전과는 달리 그녀는 눈을 피하지 않았다.

햇살을 등진 그녀의 얼굴은 중국의 유명한 미인도를 닮아 있어 그 닮은 모습에 시선이 갔다.

너무 닮아서 마치 그림을 보고 있는 것 같은 착각이 들 정도였다.

꽤 길다고 느껴질 만큼 눈빛을 주고받다가 그녀가 뒤늦게 놀란 얼굴로 황급히 고개를 돌렸다.

정우는 교실을 나왔다.

차를 주차시키고 내리자 입 밖으로 하얀 입김이 흘러 나
왔다. 며칠 전부터 따뜻했던 날씨가 다시 추워졌다. 온몸
이 꽁꽁 얼어버릴 정도로 차가운 바람이 불어 채아는 급히
학교 건물 안으로 들어가려다 아차 하며 다시 차로 돌아왔
다.

차 뒷문을 열어 종이백 하나를 꺼내 팔에 걸었다.

차문을 잠그고 다시 서둘러 학교 안으로 들었다.

장갑을 벗으며 금새 얼어버린 손을 꾹꾹 누르던 채아는
보건실 앞에 서 있는 정우를 보고 걸음을 멈춰 섰다.

팔짱을 끼고 서 있던 정우가 고개를 돌렸다.

"왜 거기 있어?"

"출근하셨네요."

"응."

"좀 괜찮으세요?"

"괜찮아. 나 기다린 거야?"

"네."

"들어와."

채아가 열쇠를 꺼내 문을 열었다.

그녀는 보건실에 들어가자마자 히터를 틀면서 웃어 보
였다.

"날씨 완전 춥지?"

"겨울이니까요. 감기 조심하세요."

"고마워. 너도 감기 조심해. 앉아. 따듯한 차 한 잔 줄게. 학교에 일찍 나왔네?"

채아가 녹차를 타면서 말했다.

"잠이 잘 안 와서요."

"왜. 불면증 있어?"

"선생님 걱정 돼서요."

채아의 얼굴이 살짝 빨개졌다.

"치, 뻥치고 있네."

"네 뻥이에요."

"뭐? 이게 선생님 자꾸 놀릴래."

"그런 일이 있었는데, 전화는 왜 안 받아요 걱정했어요."

"미안. 그리고 정말 고마워. 정우 너 아니었으면 무슨 일을 당했을지. 상상하기도 싫어."

채아가 차를 내주며 지친 얼굴로 말했다.

"그래도 이제 다 끝났으니까. 마음 편하게 먹어요."

채아가 십자가 목걸이를 만지작거리며 웃었다.

"하느님이 도운 것 같아. 그런 나쁜 사람을 경찰이 잡아가준 걸 보면."

"교회에 갔었어요?"

채아가 잠깐 놀란 얼굴을 하다가 웃으며 고개를 끄덕였
다.

"응. 눈치 백단이네."

"건강한 거죠?"

"늘 단답식으로만 대답 하더니. 오늘은 질문도 많이 하
고. 선생님 기분 좋은데? 걱정 마. 몸과 마음 전부 건강해.
나쁜도 감옥에 들어갔고, 별 것도 아닌 일로 학교 생활하
는데 기죽을 이유가 없지. 아까워 정말. 내가 직접 감옥에
넣어버리려고 했는데."

"괜찮다면서 왜 손은 떨어요."

"아 응? 추워서 그렇지 뭐."

어색하게 웃는 그녀를 보며 정우는 엷게 웃었다.

"맞다. 자 이거."

채아가 종이백을 내밀었다.

"이게 뭐에요?"

"선물이야. 풀어봐."

테이프로 입구를 붙여둔 종이백을 열어보았다.

"신발이네요. 이걸 왜 저한테."

"선물이야. 전에 힐 부러졌을 신세진 것도 있고, 위험
할 때 짠하고 나타나선 구해줬기도 하고. 고마움의 선
물."

"괜찮은데."

"받아. 미리 택을 뜯어서 반품도 안 되고, 나한테 돌려 줘봤자 줄 사람도 없네요."

"좀 부담스럽네요. 혹시 나 좋아하는 거 아니에요?"

정우가 장난스러운 표정으로 말했다.

채아의 얼굴이 새빨개졌다.

"다시 이리 줘."

"됐어요. 마음은 못 받겠지만 신발은 받아 드릴게요."

"야 이정우! 너 죽을래."

"농담이에요. 잘 신을 게요."

"으이구. 그리고 너 그거 애들한테 나한테 받았다고 하지 마. 괜히 소문나면 피곤하니까. 알았지?"

"알았어요. 아, 이경철 선생님이 찾으시던데요."

"왜?"

"글쎄요. 교무실로 와달라고 하셨어요. 드릴 말씀이 있다고."

채아는 고개를 갸웃 거리며 외투를 벗었다.

"지금?"

"네."

"알았어. 너 계속 보건실에 있을 거야?"

채아가 하얀 가운을 입으며 물었다.

"조금만 있다가 갈 게요. 교실에 애들도 없고 좀 냉랭 해서."

"그래 그렇게 해. 이 선생님 지금 교무실에 계시는 거지?"

"아마도요."

"갔다 올게. 함부로 아무거나 만지면 안 돼."

"그럼요."

"그래 조금만 있어 그럼."

채아가 나간 뒤, 정우는 창가로 다가가 멀어지는 채아의 뒷모습을 확인 했다. 그녀가 계단 위로 사라졌을 때, 정우는 문을 잠그고 보건실 내부에 눈을 돌렸다.

정우는 즉각 몰래 설치되어 있는 카메라를 제거해 나갔다.

◇◇◇

이경철은 출근하자마자 책상 위에 올려져 있는 작은 시계 상자를 보고 고개를 갸웃 거렸다. 무늬가 없는 시계 상자 위에는 이경철이라는 이름이 쓰여 있었다.

박스를 열어보자 작은 종이에 Warning 이라는 글자가 적혀져 있었다.

종이를 들어보자 그 밑으로 USB 하나가 들어 있다.

이경철은 USB를 개인 노트북에 연결했다.

USB 안에는 동영상 파일 하나가 들어있었다.

더블 클릭으로 파일을 열었다.

9개의 화면이 떴다.

장소가 익숙한 곳이라는 생각이드는 그 순간 가슴이 덜컥 내려앉았다.

동영상에는 이경철 자신이 보건실에 들어가 서채아에게 마약을 건네는 장면이 들어있었다.

이경철이 기겁하며 USB를 뽑아 벌떡 일어났다.

"대체 누가⋯."

이경철이 파리한 얼굴로 굳어 있을 때, 국어 선생이 의아한 눈초리를 보냈다.

"왜 그래 이선생."

"아, 아닙니다."

이경철은 침을 꿀꺽 삼키며 종이와 시계 상자를 주머니에 구겨 넣었다.

교무실을 나와 교직원이 쓰는 화장실에 들어갔다.

USB를 대변기에 넣고 물을 내렸다.

물 내려가는 소리가 천둥보다 크게 들렸다.

"도대체⋯."

이경철은 다리에 힘이 풀려 비틀 거리다가 벽을 잡고 간신히 섰다. 비록 마지막에 그녀에게서 약을 다시 뺐었지만, 마약 소지의 증거가 될 수 있다.

더군다나 이 일은 최인혁의 지시.

"누구야 대체……."

Warning이라는 영어가 적혀 있는 종이가 생각났다.

이경철은 종이를 꺼내 다시 글자를 확인했다.

- Warning -

컴퓨터로 인쇄된 글씨.

"경고라고…?"

이경철은 종이를 찢은 뒤, 시계 상자와 함께 쓰레기통에 넣은 후 이마를 짚었다.

머리가 깨질 것만 같았다.

이경철은 혼란을 지울 수 없는 얼굴로 못 박은 듯 그 자리를 벗어나지 못했다.

〈3권에서 계속〉